ALFAGUARA

ALFAGUARA JUVENIL

www.librosalfaguarajuvenil.com

ALFAGUARA

www.librosalfaguarajuvenil.com

• Ediciones Santillana, S. A. Leandro N. Alem 720
C1001AAP Ciudad de Buenos Aires. Argentina

• Editorial Santillana, S. A. de C. V.
Avda. Universidad, 767. Col. Del Valle,
México D. F. C. P. 03100

• Distribuidora y Editora Aguilar, Altea, Taurus, Alfaguara, S. A.
Calle 80, nº 10-23. Bogotá. Colombia

ISBN: 978-84-204-0556-8
Depósito legal: M-374-2010
Printed in Spain - Impreso en España por
Lavel, S. A., Humanes (Madrid)

Diseño de la colección: Manuel Estrada

Ilustración de cubierta: Emil Markov

Maquetación: David Rico

Un grito de libertad

Mª Isabel Molina

Ilustración de cubierta Emil Markov

ALFAGUARA

1
En la hacienda

Dejó el caballo a Amancio, el muchacho que cuidaba las cuadras, y entró en la casa por la puerta de la cocina. Había salido al amanecer, cuando el aire oliendo a limpio y los pájaros en silencio esperaban el primer rayo del sol; desde que Antonio Cienfuegos, el hijo del hombre que trajo la noticia de la muerte de su padre, la enseñó a montar en caballos grandes, a ella le gustaba galopar hasta el arco de ladrillo que demarcaba la entrada a la hacienda de su abuelo, mientras el cielo se volvía azul claro y rosa y los pájaros saludaban el nuevo día en una loca algarabía. Luego, al trote, con el sol ya en el horizonte, regresaba despacio, disfrutando del día y de la satisfacción de sentirse mayor.

—Buenos días, niña. ¿Estuvo bueno el paseo?

—Muy bueno, Amancio.

Josefa entró en la casa por la puerta de la cocina. Olía a chocolate y sintió un pinchazo en el estómago vacío.

La cocinera removía la chocolatera.

—¡Niña Josefa, usted siempre tan madrugadora! Vaya al comedor que ahorita le llevo su chocolate. ¿Tomará picatostes?

A Josefa, aquellas rebanadas de pan frito y endulzado, que llamaban picatostes, le entusiasmaban.

—Sí, claro.

Entró en el comedor, creyendo que era la primera, como otros días, pero se encontró a su madre y a su abuelo ya sentados a la mesa.

Se quedó quieta en el umbral y los saludó tímidamente.

—Buenos días.

—¡Buenos días, Josefa! —la voz de su abuelo provocó ecos en el comedor; era como el rumor de un trueno lejano y, en ocasiones, cuando se enfadaba, hacía tintinear las copas. El abuelo era alto y recio, daba la sensación de ser tan ancho como alto. Tenía un hermoso pelo muy blanco y lo llevaba recogido en una coleta atada con una cinta de cuero. Nunca había usado peluca.

—¿Ves lo que te decía? —ahora se dirigía a su madre— ¡Es una salvaje!

De pronto Josefa tuvo conciencia de su aspecto. La blusa se había salido fuera de la cintura de la falda y un montón de greñas rizadas se escapaban de la trenza que se hizo antes de salir. En la falda de cuero que utilizaba para montar, se habían pegado las hojas rotas y húmedas de los setos de la entrada y las botas estaban blancas de polvo.

—Voy a lavarme las manos —dijo.

En el aseo que había junto al salón, se recogió el pelo, se sacudió la falda, cepilló las botas y se lavó las manos y la cara. Contempló su reflejo en el espejo: una niña morena, de ojos oscuros y pelo rizado. Tenía las mejillas sonrosadas y los ojos brillantes por el ejercicio.

Volvió al comedor y se sentó en su sitio, mientras procuraba pasar desapercibida. Su madre discutía con el abuelo:

—Tenga en cuenta, padre, que Josefa está bien educada; sabe mucho más que otras niñas, porque lee todo lo que encuentra, conoce bien la aritmética y está aprendiendo a bordar.

—Pero no tiene los modales de una señorita.

—Eso lo aprenderá poco a poco. Es todavía una niña...

—¡Una niña mimada y malcriada! —su abuelo dio una palmada sobre la mesa; tenía las manos grandes y curtidas del sol, y las tazas vibraron—. Mientras vivió su padre, yo no tenía nada que decir, pero ahora que su padre ha muerto, es mi obligación cuidarme de su educación y de su porvenir. No digo que no tenga conocimientos, ¡demasiados para una mujer, diría yo! Ni pienso que tú tengas la culpa, yo también la he dejado suelta en la biblioteca, me hacía gracia que le gustase leer y que desempolvase todos esos libros que no se abrían desde que mi padre murió, pero hay que ponerle remedio. Un par de años con las monjas la convertirán en una señorita. Con eso y su herencia...

—¿Qué monjas? —interrumpió Josefa.

—El abuelo habla de un colegio —explicó su madre.

—¡Yo no quiero ir a un colegio!

—¡Tú opinión no importa, niña! ¿Ves como es una salvaje? —dijo el abuelo.

—¿Les estorbo en casa?

Josefa se levantó de un impulso, volcando la silla y salpicando de chocolate el mantel blanco.

No se detuvo ni a mirar las caras estupefactas de su madre y de su abuelo. Tropezó con la silla derribada en el suelo y huyó hacia la cocina.

Sentada a la mesa forrada de azulejos, delante de una jícara de un chocolate tan espeso que la cuchara se tenía derecha, estaba su niñera.

—¿Qué te pasa, niña Josefa?

La cocinera se volvió desde el fogón. El humo de la sartén donde freía los picatostes la rodeaba como un halo.

—¡Me quieren llevar a un colegio!

Se apoyó en la mesa y se mordió con fuerza los labios; no quería llorar. El llanto era de bebés y ella ya tenía diez años.

—¿Y eso es todo? Todas las señoritas van al colegio.

Juana María llevaba toda su vida en la hacienda; era hija de uno de los vaqueros y de una india de las montañas. Se parecía más a su madre que a su padre: era delgada y morena, con el pelo recio y negro trenzado en lo alto de la cabeza, se movía silenciosamente por la casa. Había cuidado de Josefa desde que había comenzado a andar.

—¡No quiero! —gritó Josefa.

La mujer levantó una mano.

—Las señoritas no gritan. ¿Ves como necesitas ir al colegio? Ya es hora de crecer. Tendrás que aprender a bailar y a recibir invitados y a tocar el piano... A organizar fiestas y a saber cómo se lleva una casa grande como ésta. Algunas cosas te las enseñará la señora, pero otras te las tienen que enseñar otras profesoras.

—¿Para qué? Aquí nunca se organizan fiestas.

La cocinera sacó los picatostes de la sartén y la apartó del fuego. Tenía una expresión soñadora.

—Cuando vivía tu padre, sí se daban fiestas. Venían los vecinos y hasta gentes de la capital que se alojaban en la hacienda. ¿Recuerdas, Juana

María? Se encendían todas las lámparas del salón grande y se ponían candelabros con velas de cera buena. Venían los músicos y los invitados bailaban hasta la madrugada. ¡Daban un trabajo! El señor llamaba a todas las mujeres de los vaqueros para que ayudasen en las faenas y las señoras invitadas traían sus propias doncellas y había que preparar sus camas. ¡Algunas eras más presumidas que sus señoras!

—Yo era entonces muy niña —comentó secamente Juana María—. Alguna vez ayudé algo a mi mamá —se dirigió a Josefa—. Pero, luego, tu señor padre regresó a España y las fiestas se terminaron —se levantó y dejó la taza en el fregadero—. Cuando tú te cases, volverán las fiestas, y tendrás que aprender a organizarlas.

—¡No me gusta bailar! ¡Y no me gustan las fiestas!

La mujer la contempló con una expresión indescifrable.

—Pero te gustarán. Crecerás y te gustarán.

2
El camino

Josefa rebotaba en el asiento a cada bache del camino. Aunque no iban rápido, las ruedas saltaban en los terrones de barro endurecido, y la moderna suspensión del coche que su abuelo había comprado en Inglaterra y que había viajado en barco varios meses hasta llegar a la hacienda, no bastaba para evitar los brincos. Estaba sentada enfrente de su abuelo, que la contemplaba sin expresión en la cara, y al lado de su madre, que se abanicaba entre suspiros. Josefa había sabido desde el principio que se cumpliría el deseo de su abuelo; su madre no era capaz de oponerse a la férrea voluntad del hombre que se sentía amo y señor de todos los que vivían en la hacienda.

Josefa se mordió los labios para evitar que le asomaran las lágrimas. Después de la última discusión con su madre, se había prometido ser dura y no llorar.

—El abuelo tiene razón; lo hace por tu bien. La educación de las monjas te enseñará a comportarte como una señorita —le había dicho su madre.

—¿No soy ya una señorita? ¡Yo estoy bien como estoy! ¿O es que les estorbo?

—No digas tonterías, Josefa —a su madre le tembló la voz y Josefa se avergonzó por el disgusto que le estaba dando—. Hija, te voy a extrañar terriblemente. Yo te quiero en casa, pero te repito que el abuelo ha ordenado lo adecuado... Si tu padre viviera, él habría escogido el colegio de su predilección, ahora eso le corresponde al abuelo. Piensa que aquí vivimos en el campo y no necesitamos modales refinados. Pero en la ciudad sí son necesarios. Cuando crezcas, asistirás a bailes, a comidas y a cenas; te invitarán los primos de México a las fiestas de primavera, y te rondarán pretendientes con los que debes saber hablar. Tendrás que saber comportarte, o todos se reirán de ti.

La niña sintió cierta curiosidad.

—¿Tú también fuiste con las monjas?

La mirada de la mujer se perdió un momento en los recuerdos. Tenía la piel muy blanca, y ahora, por el contraste con los vestidos negros de luto, parecía transparente. A Josefa le parecía la más bella de todas las mujeres.

—Sí, claro, pero muy poco tiempo. Era mayor que tú y me invitaron a un baile. Tu padre acababa de llegar de España; era un hombre importante y le rodeaban todas las damas, las criollas y las peninsulares. Pero él se fijó en mí, habló con el abuelo y... ya no regresé al colegio. Me casé y naciste tú.

Su madre se había acercado a la ventana. Josefa había dejado la conversación y había salido de la habitación sintiendo frío por dentro: las criadas murmuraban sobre el regreso de su padre a España poco después de su nacimiento. Y nunca había vuelto, ni había reclamado a su mujer ni a su hija. Josefa las había escuchado a escondidas porque se callaban cuando ella estaba cerca.

Josefa miraba por la ventanilla. Llevaban ya varios días de viaje. ¿No habían encontrado un colegio más cerca de casa?, se preguntaba. La polvareda que levantaban el coche y los caballos de los hombres de guardia que les acompañaban, le impedían ver el paisaje. ¿Por qué todos creían que era muy niña para ver y entender? Tal vez fuera niña para tomar decisiones, pero no para saber por qué actuaban los adultos.

El coche se detuvo un momento a la sombra de unos matorrales raquíticos. En la ventanilla apareció la cara del capataz que les acompañaba montado a caballo. Era un hombre muy serio, moreno y delgado, y que como siempre vestía de negro, aún parecía más delgado.

—Ya estamos llegando. Aquellas casas ya son de la ciudad de Querétaro. ¿Querrán tomar un poco de agua de limón fresquita para bajarse el polvo del camino?

En vasos de plata les sirvió la limonada enfriada con nieve. Su madre sacó un frasco de colonia, humedeció el pañuelo y lo pasó por su cara.

—Ya falta poco —dijo el abuelo.

A lo lejos se dibujaba ya la silueta del acueducto de Querétaro.

3
El colegio

Josefa no había visto nunca una monja. En la misión estaba fray Narciso, un franciscano que bautizaba a los indios, daba clases de catecismo a los niños antes de la misa de doce de los domingos y casaba a los vaqueros y a sus novias. Los señores de las haciendas preferían casarse en la capital.

La monja que salió a abrir la puerta era de pequeña estatura, muy morena y parecía gorda, aunque debajo de la falda llena de pliegues no se adivinaba la figura. Llevaba velo negro y toca blanca, una cruz colgada del cuello y un grueso rosario que sonaba en la cintura.

—Pasen, pasen... ¿Ésta es nuestra nueva alumna? Enseguida aviso a sor Guadalupe.

Hizo un gesto al mozo que estaba a un lado del portón para que ayudara con el baúl que el cochero descargaba del coche y, sin aguardar contestación, subió por las escaleras de mármol que daban a una puerta grande de madera labrada y a un salón con pocos muebles, oscuro y fresco, indicándoles que la siguieran.

Sentados en los sillones de cuero, el abuelo y su madre bebieron agua de una jarra de barro colocada en una bandeja, hasta que la puerta se abrió y entró otra monja.

A Josefa sor Guadalupe le pareció igual que la monja de la puerta, sólo que más alta. Tampoco se sabía si era gorda o delgada. Hablaba suavemente, con un acento musical y sin levantar la voz, pero de forma autoritaria, y abrevió sin disimulos la despedida.

—Me alegro de que hayan llegado con bien. Es una satisfacción para nosotras que nos confíen a la niña. La cuidaremos con esmero. Ahora deberían despedirse; sin duda querrán descansar en la fonda. ¿Ustedes se regresarán por la mañana...?

Su madre la abrazó. El abuelo le puso una mano sobre la cabeza y le dijo:

—Espero que te comportes como Dios manda y que aprendas todo lo necesario para una señorita. Guarda tu dignidad, Josefa, y recuerda la dignidad de tu familia.

Sor Guadalupe tomó a Josefa por la mano e hizo una pequeña reverencia:

—Que Dios les acompañe y tengan buen viaje.

Abrió otra puerta más pequeña y Josefa se vio obligada a seguirla escalera arriba.

Dos plantas por encima, debajo del tejado, estaban los dormitorios.

Josefa se encontró en una gran habitación rectangular con ventanas en las cabeceras y ocupada por dos filas de camas enfrentadas, con doseles que tenían sus cortinas recogidas en los laterales. A los pies de las camas se encontraba una serie de arcones de madera para que las alumnas guardasen sus ropas.

La monja se dirigió a una de las camas, hacia el centro de la habitación; el rosario que le colgaba de la cintura, ponía música a sus pasos.

—Esta será tu cama, Josefa; debes colocar tu ropa doblada en el arcón y cerrarlo con la llave que hay en la cerradura. Por las mañanas, después de asearte, tendrás que ocuparte de hacer tu cama, antes de bajar a misa. Las niñas seguís nuestro horario. No está permitido estar en el dormitorio fuera de las horas de descanso. Ahora coloca tu ropa. Tus compañeras están en el recreo. Te subiré a buscar cuando comience la clase de la tarde. Mañana te daré el uniforme del colegio, que será lo que vestirás todos los días.

La monja se dio media vuelta y se alejó por el pasillo entre las dos filas de camas. El rosario sonaba a madera y a metal. Josefa contempló la cama estrecha, cubierta con una colcha blanca y perfectamente cuadrada, y las cortinas del dosel recogidas con una cinta en los varales, todas a la misma altura, y recordó su habitación de la hacienda con su muñeca preferida encima de la cómoda y la colcha de seda rosa y blanca.

Se sentó en el baúl de madera y se echó a llorar.

Cuando volvió sor Guadalupe, Josefa tenía la nariz roja y los ojos hinchados. La monja no dijo nada; sólo señaló la palangana y el jarro del agua al final de la sala, al lado de la ventana.

—¿No has visto la palangana y la jarra, Josefa?

Josefa se lavó la cara con el agua de la jarra y se secó con la toalla que colgaba de una barra lateral; luego la siguió hasta el piso de abajo, a una habitación cuadrada en la que daba el sol y en la que unas chicas mayores bordaban, mientras charlaban entre risitas. Todas iban vestidas iguales, con faldas negras con tablas como la de la monja; sólo que no llevaban ni toca ni velo. A la entrada de sor Guadalupe, se quedaron bruscamente en silencio.

—Señoritas, les presento a Josefa Fernández de los Llanos: va a ser su nueva compañera; prepárenle un sitio para que pueda sentarse para hacer su labor.

Se volvió a la niña.

—Estas señoritas serán muy pronto sus amigas. Aquí están Agustina y Micaela Hidalgo y un poco más allá, Florinda Aragoneses y Soledad Quijada.

Josefa las miró de una en una. Eran bastante mayores que ella; sólo la que habían llamado Soledad podía tener su edad. Las otras, eran jóvenes que ya habrían cumplido los quince años y tal vez alguno más.

La monja continuó:

—Acerquen una silla para Josefa y muéstrenle los bastidores y los hilos; mañana comenzará una labor de acuerdo con sus conocimientos. Josefa, ¿has bordado alguna vez?

Josefa recordó las largas tardes en que su madre y Juana María la introducían en aquel mundo de hilos de colores, lienzos y bastidores redondos y cuadrados, que atirantaban la tela hasta convertirla en un tambor. No aprendía mucho; en cuanto podía se escapaba a la biblioteca del abuelo. Le gustaba mucho más leer.

No obstante, afirmó:

—Sí, alguna vez, con mi madre y mi nana.

—Veremos.

Dio media vuelta y salió, acompañada de aquel ruido que hacían las cuentas del rosario. La mayor de las jóvenes, aquella a la que habían llamado Agustina, se levantó, acercó una silla y dijo:

—Bueno, siéntate, Josefa, y dinos de dónde has venido, palurdita.

—¿Por qué me llamas palurda?

Todas las chicas se echaron a reír.

Agustina continuó:

—Porque apestas a campo.

Extrañaba su casa, pero además, en ese momento, supo con claridad que no le iba a gustar el colegio.

4
La carta

Clavó la aguja en el lienzo, dio la vuelta al bastidor y remató con dos puntadas por el revés. Cada vez bordaba mejor y cada vez le gustaba menos. ¡Cuánto echaba de menos la biblioteca del abuelo! En el colegio los libros estaban racionados y controlados. Sólo se leían vidas de santos y en las horas señaladas. Josefa se terminaba su libro y luego, se lo cambiaba a las otras chicas a las que no les gustaba la lectura y que no habían empezado los que les correspondían.

Había dejado de llorar por las noches tras las cortinas corridas de su cama, ahogando los sollozos para que las otras no se enteraran y se rieran de ella al día siguiente. Sobre todo Agustina, que era la mayor, la que sabía las últimas noticias de la guerra y que afirmaba que, si los franceses invadían Nueva España desde la Louisiana, ella tomaría las armas como estaban haciendo las mujeres en España. Era guapa, con aquel pelo negro y brillante, rápida de palabra e ingeniosa, y Josefa la temía.

La soledad había dejado de abrumarla, pero en cuanto cerraba los ojos, soñaba con sus cabalgadas hasta la puerta de la hacienda. En el colegio también montaba a caballo; le habían enseñado a montar a la amazona, con una silla en la que se sentaba de lado y que tenía unas piezas que llamaban cornetas para colocar las piernas.

—En mi casa yo montaba con la otra silla. Con esta no se puede galopar tan deprisa —había argumentado.

El señor Montalt, que era el profesor de urbanidad y buenos modales, la había contemplado como si fuese una salvaje antes de decir:

—¡Cómo va usted a galopar igual que un hombre! Las señoritas no tienen necesidad de carreras. Y no está bien subir a un caballo con las piernas abiertas y las faldas subidas. Así montarán las indias. ¿Acaso su señora madre utiliza otra silla que la de amazona?

Josefa había intentado recordar.

—Mi madre va en coche.

—¡Naturalmente! —la sonrisa del señor Montalt era insultante—. Doña Ana de Salinas no monta como los vaqueros.

A Josefa todavía le subían los colores al recordar las risas de las otras chicas. No eran muchas alumnas en el convento y las edades eran muy diferentes, aunque las clases se recibían en común. Estaba claro que las religiosas acogían a todas las niñas que les enviaban y les enseñaban los conocimientos necesarios para ser una competente señora de la casa en la buena sociedad criolla. Todo lo que aprendían —urbanidad, bordados, cocina, aritmética, caligrafía, modales en la mesa, bailes de salón, incluso la equitación— estaba dirigido a un futuro en el que se casarían y serían las responsables de su hogar. Era también el motivo de conversación de todas sus compañeras, que llevaban más tiempo en el colegio y que hablaban sin parar de los jóvenes caballeros que habían conocido en las vacaciones. Josefa, que no se había preocupado nunca de su porvenir, pensaba en que si ella no se casaba, algo que además no le apetecía en absoluto, sería la patrona de la hacienda, aprendería del abuelo y buscaría un buen capataz y un mayordomo. Su abuelo y su madre serían muy ancianos, y ella cuidaría de su comodidad. No necesitaba un marido para nada. Luego, en un rincón de sus recuerdos, se colaba Antonio Cienfuegos, el joven que la había enseñado a montar, y notaba como si tuviese mariposas en el estómago.

No lograba acostumbrarse a las normas del colegio; la estorbaban las faldas oscuras con tablas, parecidas a las de las monjas, las sayas de rayas y la pañoleta blanca cruzada sobre el pecho; tenía que trenzarse el pelo y hacer luego un moño apretado en la coronilla, sujeto por ocho horquillas de gancho, ni una más ni una menos. Ella no sabía hacerlo, sus rizos se escapaban de las trenzas y del moño y siempre estaba mal peinada.

No le gustaba el dormitorio común, con los sonidos y los ronquidos de las niñas desde las otras camas, ni le apetecían las comidas, insulsas y en silencio, con el ruido de la vajilla sobre las mesas de madera fregada y sin manteles.

El ruido de la puerta al abrirse interrumpió sus pensamientos. En el umbral apareció sor Emilia.

—Josefa, prepárese, que me va a acompañar a la calle.

Pinchó la aguja en el borde del lienzo que bordaba y se levantó con alegría. ¡Fin del bordado por aquella tarde! Las monjas no iban solas a la calle; siempre les acompañaba otra monja o una niña. A Josefa le gustaba mirar las tiendas y los mercados al aire libre.

Agustina levantó la cabeza de su labor.

—Josefita, cuando llegues a la casa de postas, pregunta por Juan Nepomuceno y entrégale esta carta.

Le alargó un sobre grande, doblado y sellado, que había sacado de entre los pliegues de la falda.

Josefa preguntó:

—¿Y si no voy a la casa de postas?

—¿Eres tonta? Sor Emilia es la mandadera. Seguro que va a recoger paquetes a ese lugar.

—¿Y por qué no entregas tu carta a sor Emilia para que la envíe con todas las otras? Así lo hago yo.

La risa de Agustina se contagió a las otras chicas.

—¡Ay, palurdita! —Josefa odiaba que la llamase así. ¿Se creía Agustina que era de ciudad? Los ranchos de Dolores no eran ni mayores ni mejores que los de California—. ¿No sabes que las monjas leen todas las cartas que escribimos antes de enviarlas? También leen las que se reciben. Y esta carta es para mi padre y no quiero que la lea nadie. ¿Me entiendes?

—¡No quiero que me llames palurdita! Tú no has estado en más ciudades que yo.

—Pero soy mayor y conozco mejor todas las cosas. A ti, niña, hay que explicártelo todo, se te nota demasiado que acabas de llegar del rancho. ¿Vas a llevar la carta o no? Es importante.

—Te llevaré la carta —respondió Josefa—, pero si sor Emilia me ve...

—Sor Emilia es tan vieja que no se entera de nada.

No era cierto. Sor Emilia tenía, enterrados entre las arrugas de una cara redonda y morena, dos ojos pequeños y negros que no se perdían detalle de lo que ocurría a su alrededor. No tenía estudios y se encargaba los recados del convento; pero se adivinaba una inteligencia natural que le permitía obtener siempre las mejores condiciones para la compra en el mercado.

A pesar del calor, se puso la cofia y la manteleta que completaba el uniforme para salir, y acompañó a sor Emilia por las calles bulliciosas de Querétaro. Respiró contenta el aire, como si fuese mejor que el del jardín del colegio. A cada momento, volvía la cabeza para ver a las damas con sus quitasoles de seda y a los caballeros vestidos de negro a la nueva moda, junto al colorido traje de los lugareños.

Sor Emilia, que se había adelantado, le regañó:

—No se distraiga tanto, Josefa.

Josefa corrió hasta ponerse a la altura de la monja. Estaba sofocada y procuró no mirar a los lados. «¿Soy de verdad una palurda como dice Agustina?», pensó.

Llegaron a la casa de postas y sor Emilia se adelantó al mostrador con decisión. Las monjas recibían muchos paquetes y cartas, bien desde la casa provincial, bien donativos y limosnas.

Josefa se quedó atrás y se acercó a un hombre que descargaba unos baúles.

—Quisiera ver a Juan Nepomuceno...

El hombre la miró como si fuese mucho más baja de lo que era.

—¿Y para qué?

—Se lo diré a él —respondió brusca.

—¡Juaaan!

El vozarrón del hombre dominó por encima de la algarabía de la oficina. Algunas personas volvieron la cabeza y Josefa se sintió ridícula. Un hombre moreno, vestido de cuero y con un sombrero ancho que dejaba ver una melena hasta los hombros, se acercó.

—¿Quién me busca?

—¿Eres Juan Nepomuceno?

—Pues sí, niña. ¿Qué quieres?

Josefa sacó el pliego del bolsillo de su falda. Estaba doblado y lo alisó.

—Me encargaron que le entregara esto.

—¿Y para quién? Yo de letras conozco poco.

—¿Y trabaja en las postas?

El hombre golpeó impaciente con el pie en el suelo.

—¿Ustedes vieron? —levantó la voz sin dirigirse a nadie—. Una escuincla que no levanta dos palmos del suelo me toma examen de letras. ¡Para tratar con las mulas no hacen falta letras, niña! Terminemos ya, que llevo prisa.

—La carta es para don Miguel Hidalgo, en Dolores.

—Le conozco; se la entregaré. ¿Quién me paga el trabajo?

—Don Miguel pagará —dijo Josefa con una seguridad que no tenía—, es de su hija.

Sor Emilia venía con una bolsa llena de cartas que le tendió a Josefa.

—Josefa, ¿en qué se entretiene? Vaya forma de ayudar... —se quedó mirando a Juan Nepomuceno—, disculpe, señor, que Dios le guarde.

El hombre se quitó el sombrero en un ceremonioso saludo.

—Que Él le acompañe, madre.

Josefa cogió la bolsa de las cartas y casi tropezó con la puerta al salir. Se volvió a tiempo de ver el guiño divertido del hombre. Luego se encontró en la calle, cargada con la bolsa del correo, detrás de sor Emilia, que andaba más deprisa que ella.

—Ya le di la carta a ese Juan Nepomuceno —dijo Josefa a Agustina antes de sentarse de nuevo frente a su labor de bordado—. Quería cobrar pero le dije que le pagaría tu padre.

—¡Por supuesto, Josefita! Mi padre pagará. Fue un error por mi parte no darte dinero para el porte. Pero... no lo tenía.

Hacía calor. Después comieron y tomaron la breve siesta a la que obligaban las normas, tumbadas en enaguas encima de las camas. Ahora el aire olía a verano y por la ventana entraba el grito de las golondrinas. Algunas de las alumnas habían marchado a su casa a pasar el verano, pero las que vivían lejos quedaban en el colegio con un horario de clases menos exigente.

—¿A qué no ocurrió nada? —preguntó Micaela, la hermana pequeña de Agustina.

—No me gusta Juan Nepomuceno —protestó Josefa.

—¿Por qué? —Agustina reía—. No es preciso que te guste; es uno de los hombres del correo. Atraviesa largas distancias y tiene que ser un hombre valeroso y prudente. Claro que no es un caballero, niña.

—Yo estoy acostumbrada a tratar a los vaqueros, y no me gusta ese hombre.

—¡Y tú qué sabrás, Josefita! A mí sí me gusta...

—Es muy mayor —intervino Micaela.

—Bueno, un poco mayor sí es, pero es valiente y todo un hombre.

La entrada de sor Emilia cortó en seco la conversación.

—Prepárese, Josefa. Iremos a casa de la corregidora a llevarle unas rosquillas que tiene encargadas.

Micaela se levantó de su silla.

—¡Qué suerte, sor Emilia! ¿No puedo ir yo? Josefa ya salió esta mañana. Y el palacio de la corregidora es muy hermoso.

—Otro día irá usted, Micaela. Josefa ya tiene puesta la ropa de salir.

Recorrieron las calles de Querétaro con una caja grande llena de rosquillas con granos de anís y semillas de sésamo que les habían entregado en la cocina.

Ya se veía el palacio, un edificio blanco a la moda de la Península, pero con el inconfundible toque que los artesanos indígenas daban a las construcciones de Nueva España. Hacía calor y sor Emilia, que caminaba con un andar pausado e incansable, se detuvo en la fuente de la plaza, bebió agua del chorro y se refrescó la cara.

—Beba agua, Josefa. No debemos presentarnos agobiadas.

—¿Pero nos va a recibir la corregidora? En mi casa, las rosquillas las habría recogido la cocinera.

—Nos recibirá doña Josefa. Tengo que darle un recado de nuestra madre superiora. Es una dama muy preocupada de los pobres y ahora tiene un pleito con los que quieren quitarles a los indios sus ranchitos. Y eso que está esperando otro hijo —una sonrisa le cruzó la cara—. Tiene un gran antojo con nuestras rosquillas.

Guardó el pañuelo, blanco y grande, en uno de los muchos bolsillos que se escondían entre los pliegues del hábito y se quedó contemplando a Josefa.

—Usted tendría que recogerse mejor el pelo. Lo lleva lleno de rizos sueltos. No está bien en una señorita.

Hizo una pausa y siguió hablando con el mismo tono.

—¿Así que le dio una carta a Juan Nepomuceno?

Josefa sintió que se le subían los colores y no supo contestar.

—¿Creía que iba a engañarnos? ¿Una niña recién llegada? ¿Qué le tenía que decir a don Miguel Hidalgo?

—Yo... nada... —balbució Josefa—, ni siquiera lo conozco.

La monja continuó andando, sin apresurarse pero sin parar, y Josefa no tuvo más remedio que correr tras ella.

—Claro, usted no le conoce. Entonces, pienso yo, que la carta no debía ser suya, sino tal vez de la señorita Micaela o de la señorita Agustina. ¿Y por qué no dieron su carta a enviar con el resto de las niñas? ¿Qué tenían que decir a su padre que no querían que lo conociese la madre superiora?

—Yo no leí la carta.

Sor Emilia clavó la mirada de sus ojillos negros en Josefa, que sintió que le ardía la cara.

—Esas niñas quieren participar de las ideas políticas de don Miguel, y eso no es tarea de señoritas, sino de hombres. Es decir, que mejor no se mezcle en eso, o tendré que decírselo a la madre superiora.

No aguardó la respuesta de Josefa y señaló la casa con un gesto.

—Vamos, la corregidora espera.

Saludaron al guardia de la entrada y buscaron la puerta de la cocina.

En cuanto sor Emilia dijo su nombre, les guiaron a una sala grande, amueblada con muebles oscuros y con grandes ventanas al jardín. Cerca de una de aquellas ventanas, una mujer tejía una prenda de lana blanca.

Dejó la labor y se levantó con algo de esfuerzo al verlas entrar.

—¡Sor Emilia! ¡Qué alegría!

La corregidora era una mujer morena, de cara ancha y nariz muy recta, con el pelo recogido en un anticuado peinado de moño trenzado. Llevaba un vestido de seda suelto, para más comodidad, y se movía con agilidad a pesar de su embarazo.

Abrazó a la monja y la llevó hasta un asiento al lado de su butaca. Josefa quedó de pie a su lado. Sor Emilia sacó la nota de la madre superiora y la corregidora se la guardó sin leerla.

Entonces levantó la vista hacia Josefa.

—¿La niña querrá agua de limón?

Sor Emilia la presentó.

—Es una alumna que nos ha llegado desde California. Se llama Josefa Fernández de los Llanos. Es hija de un gachupín y de la heredera de la hacienda de Salinas.

Josefa se encogió al oír el mote de su padre. Claro que había escuchado que a los peninsulares les llamaban gachupines, pero nadie se lo había aplicado a su padre. El abuelo no lo hubiese consentido.

La corregidora estaba sonriendo.

—¡Yo también me llamo Josefa, y mi padre también era un gachupín como el tuyo! Nosotras somos criollas, porque nacimos aquí. Eres muy niña, ¿cuántos años tienes?

—Voy a cumplir once dentro de quince días.

—¡Y lo celebrarás, imagino! Tengo una hija de tu edad. Yo también estuve en un colegio. Habían muerto mis padres. Claro que yo no venía de una hacienda, era una niña de ciudad. ¿No has vuelto a tu tierra en las vacaciones?

Sor Emilia respondió por ella.

—La hacienda está muy lejos. No podía ir y volver...

La corregidora tocó una campanilla y una criada entró con una jarra de agua de limón. Sirvió unas copas y la corregidora les invitó con un gesto. Josefa cogió la copa y bebió. Estaba dulce y fría.

—¿Qué es lo que más te gusta del colegio?

Josefa se encogió de hombros. No sabía qué debía contestar para no disgustar a las monjas. Estaba segura de que sor Emilia les contaría todo a sor Guadalupe y a la madre superiora.

—Me gusta todo.

La corregidora insistió.

—Algo te gustará más.

—Me gusta mucho leer. Pero en el colegio se lee poco; siempre tenemos otras cosas que hacer.

Sintió la mirada de sor Emilia. Había dicho algo incorrecto.

La corregidora se rió.

—¿Que te gusta leer más que bordar o coser o cocinar? ¿Y a tus compañeras también?

—No, a ellas no.

—Ya me parecía a mí que no podían haber cambiado tanto las niñas. Y ¿qué lees?

—En el colegio, vidas de santos. En la hacienda de mi abuelo, leía periódicos y los libros de su biblioteca. Mi abuelo tiene una sala llena.

—Pero no se puede leer de todo; hay libros que no son convenientes para las niñas y otros están prohibidos para niños y adultos.

Josefa se encogió de hombros con indiferencia; se sentía animada. Por primera vez en muchos meses podía hablar de las cosas que le gustaban sin que se rieran de ella.

—En casa de mi abuelo no hay libros prohibidos. Cuando me mandaban algo que no quería hacer, me iba a la biblioteca y leía hasta que me encontraban. Nadie sabía qué libros cogía. También montaba a caballo, pero en silla de hombre, no como aquí.

Sor Emilia la regañó.

—¡Josefa! ¿Dónde están sus modales? A la señora corregidora no le interesan sus historias del pasado.

La corregidora doña Josefa Ortiz reía de buena gana.

—No la riña, sor Emilia. Está claro que esta niña tenía muchas ganas de hablar. Podría venir a pasar unas semanas aquí. Jugaría con mis hijas y practicaría todos esos modales sociales que tan bien les enseñan ustedes. Podríamos celebrar aquí su cumpleaños. Escribiré una carta a su madre, pidiendo su permiso. Y cuenten que sus alumnas mayores están invitadas al baile de la fiesta de la Virgen de septiembre.

La corregidora se levantó y le acarició un momento el pelo revuelto a Josefa.

—Es una niña muy simpática y divertida. Que se quede ya esta tarde y mañana envíen ustedes su baúl. Ahora, vamos al despacho y le daré la carta para su madre y los documentos del pleito de los ranchos y de las expropiaciones.

La corregidora y sor Emilia salieron hablando del despacho, pero Josefa ya no las escuchaba. No le habían preguntado si estaba de acuerdo, pero le gustaba la idea de vivir en casa de la corregidora; sería más divertido que el colegio… Por unos días dejaría de bordar, y bordar...

5
Palacio del corregidor

Sí, tenía que bordar... pero mucho menos. Todas las tardes, después de la siesta, había una hora de costura junto a las otras niñas, hijas de la corregidora, y a sus niñeras. Junto con el baúl de su ropa, Josefa se había tenido que traer del colegio su bastidor y su labor ya empezada.

Llevaba ya una semana en casa de la corregidora. Todo había sido muy fácil. La superiora dio su permiso de inmediato —no se podía contrariar un deseo de la corregidora—, y había mandado un correo a su casa con una carta en que solicitaba el permiso de su abuelo. Era una simple formalidad; aunque su abuelo o su madre no la quisieran en casa del corregidor, para cuando llegase la respuesta, ya estaría de vuelta en el colegio.

El palacio era grande, había sido una cárcel y más que palacio era una gran casona rectangular con balcones de hierro forjado. En la parte que daba a la plaza, estaban los despachos del corregidor y del alcalde, y la sala de tropa. Más allá del patio, los salones, y en la parte trasera, un gran parque por el que se podía pasear, jugar y montar a caballo.

Le asignaron una habitación pequeña en el segundo piso y podía montar a caballo por el parque —por supuesto a estilo amazona y con silla de señorita—, y entrar en la biblioteca del corregidor, que era abogado y la tenía atestada de libros de leyes, para buscar entre los tomos llenos de polvo y olvidados uno que le despertase la curiosidad.

Ya no tenía la obligación de trenzarse el pelo y hacerse un moño en la nuca. Podía llevar los rizos sujetos con un lazo. Llevaba vestidos ligeros y frescos que le habían prestado las hijas de la corregidora. Cuando se quitó la falda de tablas del uniforme e intentó ponerse la ropa que había traído de casa, se percató de que en aquellos meses había crecido y que le estaba corta y estrecha.

Además de los dos hijos mayores —chica y chico— del primer matrimonio del corregidor, doña Josefa había tenido ocho niñas y tres chicos, y estaba embarazada del número doce. La casa era un bullicio de niños de todas las edades, a quienes Josefa no terminaba de diferenciar.

Esa mañana se había puesto la falda de montar —una falda de paño marrón, con una abertura y grandes pliegues para montar a la amazona— y había ido a dar una vuelta a caballo por el parque. Llegó hasta la cerca que marcaba el final de la propiedad, saludó al hombre de guardia en el ángulo de la casa y dio la vuelta; el caballo era muy manso. Josefa añoraba las galopadas de los caballos de su casa. Volvió despacio hacia la zona de las cuadras y se acercó al poyo de piedra que la ayudaba a desmontar. Pasó la pierna derecha por la corneta de la silla y se dejó resbalar.

Se le enganchó la bota en alguna de las hebillas de la silla y sintió que resbalaba y quedaba con la cabeza rozando el suelo. Tenía la pierna enganchada y la mano izquierda en el polvo. El caballo no se movió y Josefa se alegró de que fuese tan manso. Con la mano izquierda intentó buscar un asidero que la permitiese volver a levantarse para soltar el pie, pero la mano aleteó en el aire.

—¡Por favor, ayuda!

Le pareció que su voz no sonaba. Cogió aire para lanzar un buen grito, pero cabeza abajo no le salía más que un sonido parecido a un maullido.

El caballo se inquietó ante una mosca, sacudió la cola y le largó un latigazo en el brazo.

—¡Socorro! ¡Ayuda!

Intentó darse impulso con la espalda para llegar a la silla, pero sólo consiguió caer de nuevo y dar con la coronilla en el suelo.

Pasaron unos minutos interminables. Josefa sentía cómo la sangre le hormigueaba en la cabeza de tanto estar hacia abajo.

—¡¡Socorro!!

—¡Espera! No te muevas.

Era una voz muy joven.

Una mano le desenganchó la bota y Josefa aterrizó en el suelo entre las patas del caballo. Sintió como lo apartaban y luego alguien le dijo:

—¿Tienes algo roto?

Se sentó y se pasó las manos por la cara para apartarse el pelo. Un repentino mareo hizo que todo a su alrededor girara.

—¡Eh! ¿Cómo estás?

Josefa encontró por fin la voz.

—Bien, ¡qué caída tan tonta!

—Parecías un conejo amarrado.

Miró a quien la había ayudado; era un muchacho de unos trece o catorce años, vestido con calzones a media pierna y una camisa bastante sucia. Iba descalzo y la cara y las piernas estaban llenas de pecas. Tenía el pelo de un extraño tono rojizo y tan tieso que era una maraña en torno a la cabeza.

—Tú eres la niña invitada, ¿no?

Josefa se puso en pie y se sacudió la falda. La inspeccionó con cuidado; no se había roto. El enganchón había sido en la bota. Suspiró aliviada; la falda también era prestada.

—Soy Josefa Fernández.

—Y yo, Miguel Domínguez —soltó una risotada—, no pongas esa cara; soy uno de los hijos del corregidor y nos presentaron el otro día, pero no me extraña que no te enteraras. Me llaman Panocha —se pasó la mano por la pelambrera—, por esto. Y si mi madre me viese así de sucio, me castigaría a hacer copia durante un mes.

Josefa le sonrió.

—Gracias por la ayuda. Si el caballo se hubiese movido, me habría arrastrado. No sé cómo me enganché.

—No es para tanto, ese caballo es muy manso.

—Sí, pero ya se estaba espantando las moscas y una patada me hubiera roto la cara. ¿Cómo te has ensuciado tanto?

El chico bajó la voz.

—He estado en los sótanos. Esta casa fue antes una cárcel y en los sótanos es donde encerraban a los presos. Es muy interesante, ¿quieres verlo? A veces se oyen ruidos extraños...

Josefa se enderezó.

—A mí no me dan miedo los ruidos extraños.

—¿No llorarás?

—Me has visto colgando de un caballo y no estaba llorando.

—Pero esto es distinto. Debe haber fantasmas escondidos en los huecos de las paredes.

—Pues estarán buenos si llevan cien años escondidos.

El chico echó a andar hacia la casa y Josefa fue decidida tras él. No era miedosa y estaba convencida que lo que quería era asustarla.

Los sótanos tenían grandes arcos de medio punto que formaban galerías; que se cerraron para crear bodegas y trasteros. Había también otras habitaciones más pequeñas que debían de ser las antiguas celdas. Olía a humedad y hacía frío. Por las pequeñas ventanas enrejadas a la altura del techo apenas entraba el sol.

—Ten cuidado, hay arañas grandes.

Josefa le miró los pies.

—Ten cuidado tú, que vas descalzo. Yo llevo botas.

Corrieron entre las arcadas, y el muchacho le enseñó toda la planta, las bodegas y los almacenes.

Después de un rato, Miguel le dijo:

—Espera, hay algo muy antiguo en esa habitación.

La llevó a una de las antiguas celdas y abrió la puerta de madera, reforzada con clavos de hierro, con una llave grande que sacó de uno de los bolsillos de su calzón.

—Mira. Esto sí que es viejo.

Por el pequeño ventanal enrejado se colaba un cuadrado de sol por el que subían y bajaban las motas de polvo. Había unas grandes máquinas polvorientas.

—¿Para qué sirven estas máquinas?

Miguel entró en la habitación. Sus pies dejaban una clara huella en el suelo.

—Son máquinas de imprimir. Son muy viejas. La cárcel debía imprimirse sus propios escritos, cuando en la ciudad no había imprentas.

—¿Por qué esta parte está tan sucia si el resto del sótano está tan limpio?

—Aquí no entra nadie. Encontré esta llave por casualidad —sonrió con aire de triunfo—. Fui probando puerta por puerta hasta que una abrió.

Los dos niños curiosearon las máquinas. Luego Miguel llevó a Josefa al banco de trabajo adosado a la pared.

—Mira las letras.

En grandes bandejas de madera estaban los tipos de plomo. Josefa se estiró intentando descifrar las letras invertidas y rozó el perfil de una de ellas con el dedo.

—La efe... Panocha, ¡manchan!

—Claro, están sucias.

—Manchan de tinta. No es lógico. La tinta debería estar seca.

—Es muy espesa. Lo mismo no es tinta, sino grasa —Miguel pasó un dedo por el borde de un engranaje y se lo limpió en el calzón—. Las máquinas también manchan de grasa.

Josefa tocó otra letra. También manchaba. La tinta era espesa, pero no parecía que tuviera cien años.

Una mancha más clara en el suelo la hizo agacharse debajo de la mesa.

—¿Qué haces? –le preguntó el chico.

—¡Mira!

Sostenía en la mano un pliego de papel impreso con tipos grandes.

—*Mexicanos... ciudadanos...* —comenzó a leer.

De pronto, se asustó. Aquel papel no era viejo, las máquinas tenían grasa y en la mesa, las letras de las cajas manchaban de tinta. Alguien estaba usando la imprenta.

Dobló el papel y lo escondió en uno de los bolsillos de su falda de amazona.

—¡Vamos afuera!

—¿Ahora te asustas?

—Sí, pero no de los fantasmas o las arañas. Luego te lo explico.

Miguel sacó la llave y la metió en la cerradura; antes de salir, Josefa se agachó y borró las huellas que habían dejado en el polvo del suelo. Luego, los dos corrieron hasta estar fuera de la casa, al aire libre. Sentados bajo un árbol, Josefa desplegó el pliego.

—Mira, es un panfleto de esos que pegan en las paredes. Alguien está utilizando la imprenta para hablar mal de las autoridades.

Miguel manoseaba el papel.

—Nadie tiene que enterarse de esto.

Josefa no lo veía tan claro.

—¿Crees que lo sabrá tu padre?

—No, mi padre no puede permitir que algo así se imprima en su casa. Es el corregidor; él apresa a los revolucionarios.

—Otras personas tienen una llave de esa habitación. Tienes que decírselo a tu padre. Ese panfleto es reciente. Se les debió de caer de un montón.

El muchacho estaba pensativo.

—Tienes razón. Es papel nuevo. Voy a lavarme y a cambiarme de ropa. Prefiero decírselo primero a mi madre. Ella sabrá qué hay que hacer. ¡Ah! No le diré que estabas conmigo.

Caminaron hacia la puerta de las cocinas.

—De todas maneras, es un buen escondite —dijo Josefa— ¿Quién va a buscar una imprenta clandestina en casa del corregidor?

6
Las tertulias

Josefa también se lavó, se cepilló el pelo y se cambió de ropa después del almuerzo. Como todas las semanas, aquella tarde la corregidora recibía a la buena sociedad criolla y a los militares de la guarnición; servía pasteles, limonada y chocolate refrescado con nieve. Hablaban de las últimas novelas románticas en que los protagonistas morían al final, recitaban versos, tocaban el piano, se discutía sobre la situación económica o política y se comentaban las noticias de la guerra contra los franceses.

Los hijos mayores de los corregidores participaban de la tertulia; los pequeños entraban y salían, saludaban y cogían algún pastel. A veces, cuando terminaba sus audiencias, don Miguel, el corregidor, también pasaba por el salón. En esas ocasiones, por consideración al cargo del dueño de la casa, se hablaba más de literatura y menos de política.

La semana anterior, Josefa se había quedado escuchando en la terraza, cerca de las puertas de cristales del salón. Le fascinaban aquellas reuniones tan numerosas y todas aquellas damas y caballeros, tan bien vestidos, que discutían tanto y luego quedaban tan amigos.

Josefa no había hablado nada con Miguel, el Panocha, después del almuerzo, y no sabía qué habría dicho la corregidora sobre la imprenta clandestina que habían descubierto. Pero en la comida, sentado frente a ella, adecuadamente vestido y peinado, no había levantado los ojos del plato. Parecía preocupado y las pecas de la cara se le señalaban mucho más. Luego había salido deprisa con su hermano Mariano.

Josefa se sentó en uno de los grandes sillones de mimbre de respaldo alto y calado. A través de las cortinas transparentes de la puerta, podía ver lo que sucedía en el salón, aunque a ella apenas la veían y si Miguel entraba, podría acercarse y hablar con él.

De pronto se descorrió la cortina de la puerta y dos militares salieron a la terraza. Dejaron los vasos en la mesa y uno de ellos sacó del bolsillo un estuche lacado y ofreció un cigarro a su acompañante. Los dos hombres encendieron el cigarro con la misma cerilla y se acercaron a la barandilla. Fumaron unos momentos en silencio y luego uno dijo:

—Buen cigarro.

—Me los traen de Cuba. Me llegaron hace muy poco junto con... otras cosas que tenía encargadas.

—¿Todo el pedido llegó a su casa?

—Por supuesto, capitán Arias, por supuesto. Todo bien guardado en un lugar adecuado para que el calor no lo estropee.

—Debería informarme del lugar, querido Aldama; es demasiada responsabilidad para un hombre solo. Y mucho riesgo.

Aldama le dio un par de chupadas al cigarro y el humo lo envolvió como una nube. Se volvió y se apoyó con la espalda en la barandilla.

—Mire, Arias, efectivamente es mucho riesgo para un hombre hacer el pedido y guardarlo después, pero mucho mayor riesgo sería compartir la información. No quiero acabar ante un tribunal, y lo que no se sabe no hace daño.

—Pero nadie está a salvo de un accidente...

—Pues si sucede un accidente, habrá que lamentar la pérdida del capitán Aldama y del pedido.

—¡Capitán Aldama! Es una mercancía muy valiosa.

El hombre soltó una carcajada.

—¡Capitán Arias! Lo más valioso para mí es mi vida. Si no le gusta mi forma de encargar... cigarros, el próximo pedido lo puede hacer usted.

Los dos hombres se llevaron al mismo tiempo el cigarro a la boca y fumaron con prisa, desahogando la tensión. La nube de humo se extendió y a Josefa se le escapó una tos.

Como un rayo, el capitán Arias dio la vuelta al sillón en que estaba sentada.

—¡Tenemos espías!

La levantó en el aire de un brazo y la dejó en el suelo con fuerza, bruscamente. Josefa se encontró frente a un hombre moreno, con bigote y grandes patillas, vestido con el uniforme de los oficiales. Tras él, apoyado de espaldas en la bardilla estaba el que se llamaba Aldama. También iba de uniforme y se estaba riendo.

—No es más que una niña; será una de las hijas del corregidor. Tiene tantas que ya me confundo. Me había asustado.

—¡Niña o mujer lo ha escuchado todo! Hay que darle un escarmiento.

Zarandeó a Josefa hasta que ella sintió cómo le entrechocaban los dientes.

—¿Cómo te llamas?

Aldama se la quitó de las manos.

—¡Basta, Arias! No está tratando con uno de sus soldados. Y no creo que a doña Josefa le guste que maltrate a una de sus hijas. ¿Cuál es tu nombre?

Josefa tragó saliva. No le salían las palabras.

—Soy Josefa Fernández de los Llanos. Soy una invitada de la corregidora. Y no quería escuchar.

—¡No es de la familia! ¡Es una mentirosa!

Al capitán Arias le temblaban las manos y tenía la cara roja de furia. Josefa temió que la fuese a golpear.

El capitán Aldama volvió a intervenir.

—Ya ha dicho que no quería escuchar. No es necesario enojarse tanto por unos cuantos cigarros de contrabando —dio una fumada al suyo y exhaló una larga bocanada de humo—, aunque sean tan buenos como éste. Disculpe, señorita. Mi amigo el capitán Arias es un gran fumador y se pone nervioso ante la idea de que se pierda alguno de los envíos y tenga que quedarse sin tabaco. ¡Ah, el vicio!

Empujó a Arias hacia el salón.

—Vamos adentro, a ver si nos sirven una copa de buen jerez.

Josefa se dejó caer en el sillón, temblando todavía; no tenía claro lo que había escuchado, pero lo que sí sabía es que aquellos dos hombres no hablaban de tabaco, aunque fuese de contrabando. Se acercó a la jarra de agua que habían dejado en una bandeja encima de la mesa y se sirvió un vaso del que bebió con ansia para despegarse la lengua del paladar.

Luego volvió a sentarse en el sillón. Encogió las piernas, las apoyó en el asiento y las rodeó con sus brazos. Estuvo un rato sintiendo cómo se normalizaba el ritmo de su respiración, mientras pensaba en lo que había sucedido. El murmullo del salón bajaba; los invitados debían de estar despidiéndose.

—¿Estás ahí, Josefita? Me han dicho que te gusta escuchar a escondidas.

Doña Josefa la llamaba desde la puerta de cristal del salón; había corrido las cortinas de los ventanales para que entrase el aire fresco del atardecer. Las criadas retiraban las tazas y las fuentes de la merienda y recogían manteles y servilletas.

—No quería escuchar, doña Josefa. Estaba sentada esperando a su hijo Miguel y los capitanes no me vieron.

—Miguel y Mariano no bajarán; están castigados por romper un cristal con su pelota. Cenarán en su habitación.

—Doña Josefa, ¿por qué sus amigos discuten tanto y están tan enojados?

—No es algo que te deba preocupar, Josefita —contestó secamente—. En mis tertulias, las niñas deben practicar buenos modales, tomar un poco de chocolate helado y recitar una poesía o cantar una canción si se lo piden, y marcharse después al cuarto de juegos. Las conversaciones son cosa de mayores.

—Pero es muy interesante lo que dicen. Todos saben cuál es la mejor manera de gobernar...

Doña Josefa se sentó con un suspiro en la otra butaca de mimbre y sacó el abanico.

—¡Qué calor! Es muy incómodo esperar un hijo en el verano. Mira, Josefita, en España están en guerra y las guerras cuestan mucho dinero. Y ese dinero lo pagamos entre todos. Y como es lógico, eso de pagar no le gusta a nadie.

Josefa se levantó y acercó un escabel para que la corregidora pusiese los pies en alto. Quería que siguiese hablando.

—Ya lo sé. Están en guerra contra Napoleón; mi padre murió a causa de las heridas de la batalla de Bailén.

—Así es, ya me habían dicho que eres hija de un héroe. Antes de estar en guerra con Francia estuvieron en guerra contra los ingleses y el rey pidió dinero para poder organizar su armada.

—¿A los criollos?

—Los nobles no pagan la guerra, mi niña, y los gachupines suelen traer un título colgado de la casaca. Así que los burgueses, tanto en España como en América, aportamos lo que el rey nos pidió y nos dijeron que nos lo devolverían con intereses. Nos dieron certificados por el dinero entregado. Pero la guerra contra los ingleses se perdió, y tuvieron que pagarse indemnizaciones. No quedó dinero para devolver lo que habíamos prestado y los certificados no sirvieron para nada. Y la nueva guerra contra Napoleón no ha puesto las cosas mejor. Los indios y los peones no tienen trabajo y pasan hambre, el virrey quiere expropiar las tierras de las fundaciones de beneficencia, y los hacendados piensan que sólo se acuerdan de ellos para exigirles más dinero. ¿Entiendes? Los criollos no podemos tener altos cargos; a lo más que se puede llegar es a corregidor, como mi marido. Los hombres con altos cargos vienen de la Península y casi todos quieren hacer fortuna, mientras les dura el nombramiento.

Hizo una pausa y se abanicó un momento con energía.

—A nadie le gusta entregar lo que ha ganado con trabajo duro y más si al lado hay otros que no pagan y te miran con altanería. Por eso todos te parecen enojados. Pero sólo son discusiones de tertulia.

—¿Y no habría manera de decir todo eso al rey?

Doña Josefa cerró el abanico con un chasquido.

—Algunos ya lo han intentado, pero el rey está rodeado de ministros y de consejeros que, después de todo, también son nobles y gachupines. Además, ahora no hay rey; Fernando VII está en Francia, prisionero de Napoleón. Los criollos queremos ser iguales, no ciudadanos de segunda clase.

—En la hacienda de mi abuelo no pasa nada de eso.

—Tu abuelo está en mitad del campo y no tiene gachupines cerca. Pero también tendrá problemas a la hora de vender las vacas y la cosecha; y tendrá que pagar su parte en los impuestos, sólo que tú no te has enterado.

La corregidora se levantó apoyándose con las manos en los brazos del sillón. A causa de su embarazo ya se movía con dificultad. Se acercó a la puerta de cristal y contempló las luces rojas del crepúsculo.

—Y mientras tanto, algunos pensamos que México es un país muy grande, más grande que España, y que no tenemos por qué estar dominados por un grupo que sólo busca enriquecerse. Al norte, los Estados Unidos ya se independizaron de Inglaterra... Si nosotros fuéramos libres, habría nuevas posibilidades... Otro gobierno, otras leyes...

—Eso decían algunos periódicos de los que recibía mi abuelo —dijo Josefa.

La corregidora se volvió sobresaltada, como si hubiese olvidado la presencia de la niña. Se la quedó mirando fijamente y luego dijo:

—Eres una niña muy rara. Lees periódicos y libros que no se permiten a las niñas, escuchas conversaciones que no te importan y haces hablar a la gente. Pero tanto tú como yo olvidaremos lo que se ha dicho en esta terraza esta tarde. ¿Entendido?

—Sí, señora —contestó Josefa.

—No quiero que comentes con nadie, ni con las monjas, ni con tu familia, ni con tus compañeras o mis hijos; con nadie debes hablar sobre lo que conversamos esta tarde.

—Sí, señora —repitió Josefa.

La corregidora abrió y cerró el abanico con gesto seco que sonó como un trallazo y salió del salón.

Josefa se quedó con ganas de preguntarle qué le parecía lo de la imprenta, pero no se atrevió. No sabía si Miguel le había dicho que ella también la había visto.

7
Nueve de septiembre

El jardín estaba iluminado por muchas lámparas de aceite con pequeñas pantallas verdes, que alumbraban los árboles y los hacían resplandecer, y por multitud de linternas colocadas en los paseos. Los corregidores invitaban al baile de la fiesta de la Virgen de septiembre y en la pérgola del jardín había un cuarteto de música típica, con guitarras y guitarrones, mientras que, en el salón, una orquesta desgranaba los sones de los nuevos valses para los que bailaban sobre las pulidas baldosas de mármol.

En un ángulo del salón estaban los refrescos y las butacas para las madres de las señoritas que bailaban.

El baile de la fiesta de la Virgen, en septiembre, era el acontecimiento del verano. Ya no hacía tanto calor y se habían recogido las cosechas; los señores bailaban en el palacio del corregidor y los peones, los vaqueros y los indios lo hacían en la plaza, donde tocaban las orquestinas populares y había puestos de comida y bebida.

Doña Josefa había invitado a todas las chicas que quedaban en el colegio: las mayores bailaban, mientras las más pequeñas, después de haber jugado en el jardín toda la tarde, cenaban con los hijos menores de los corregidores.

Josefa y Micaela, demasiado niñas para participar en el baile y muy mayores para los juegos, se habían colocado en el suelo del rellano, en lo alto de la escalera, y observaban los trajes de seda y muselina de las señoras, los uniformes de los militares y los trajes negros con pantalón estrecho y grandes corbatas de los hombres, que vestían a la moda de París.

—¡Qué alto es el soldado que baila con Agustina! —exclamó Micaela.

Agustina se había puesto un vestido verde pálido de talle alto, de última moda, y había peinado hacia arriba su brillante pelo negro; estaba muy guapa y bailaba con el capitán Arias.

—No tanto —opuso Josefa—. Es el capitán Arias y no me es simpático. No mira de frente.

—¿Lo conoces?

Josefa no había olvidado la manera en que la había tratado aquella tarde en la terraza y que después se había quejado a la corregidora. Pero no se lo iba a contar a Micaela.

—Le he visto en las tertulias de la corregidora. Vienen muchos militares. ¿Ves? Aquel que baila con la señorita Domínguez, la hija del corregidor, es el capitán Allende; dicen que quiere ser su novio.

—¡Qué suerte has tenido de pasar este mes aquí! Por eso quería yo ir con sor Emilia aquella tarde.

A Josefa le dio un poco de vergüenza el comentario de Micaela, pues sentía que tenía razón. Había pasado un mes estupendo en casa de don Miguel Domínguez, el corregidor, y lamentaba lo pronto que tendría que volver al colegio.

Había escrito a su madre y a su abuelo, desde casa del corregidor, contando sus experiencias e insinuando su deseo de volver a casa.

Miguel venía del corredor y bajaba hacia el salón. Casi las pisó.

—Pero, ¿qué hacen aquí, tiradas en la escalera?

Micaela se apoyó en la pared y sonrió. Miguel estaba vestido de fiesta con pantalones de terciopelo negro y hasta su salvaje mata de pelo parecía domada.

—Miramos los vestidos de las damas y escuchamos la música.

—¿Y no lo verían mejor desde abajo?

Micaela señaló sus faldas a media pierna.

—Nosotras no vamos de largo. No podemos ir a un baile.

El chico se encogió de hombros.

—Bueno, hagan lo que quieran. Yo bajaré al jardín a escuchar a la orquesta popular.

Josefa se levantó y le agarró po el brazo. No había tenido oportunidad de hablar con él desde la semana anterior.

—¿Hablaste con tu madre de lo del sótano?

—Sí. Me dijo que ella lo arreglaría. El castigo fue por eso, más que por el cristal roto.

—¿Qué pasa en el sótano? —preguntó Micaela.

—¡Que hay fantasmas! –se apresuró a responder Josefa.

Le vieron bajar a saltos la gran escalera.

En el salón, la orquesta tocaba el baile de moda: el vals. Las parejas se balanceaban y giraban dando vueltas al compás de la música. Aunque estaban en una colonia, a miles de leguas de Europa, bailaban el ritmo de última moda. Las señoras llevaban los finos vestidos de seda de talle alto y el pelo corto en rizos sobre la frente y los hombres, que no iban de uniforme, lucían el pantalón largo negro y las levitas de cuello alto que habían puesto de moda en París. Sólo algunos caballeros ancianos seguían usando el calzón corto y las medias.

Josefa le dijo a Micaela:

—¿Quién dice que estamos atrasados?

Micaela rió con ganas. Era muy bonita, con un aire muy dulce, aunque aparecía oscurecida por su hermana.

—Los que vienen de la Península, que quieren presumir y sentirse superiores.

—Ya hemos visto todos los vestidos. ¿Nos vamos nosotras también al jardín?

Salieron por una puerta lateral para no tener que atravesar el salón. Muchos invitados habían preferido la orquesta popular y se agrupaban cerca de la pérgola.

Al lado del cerco de rosales, vieron a Agustina y al capitán Arias; el capitán había rodeado con sus brazos a Agustina y la iba a besar.

—¡Capitán! No abuse de que mi padre no está en el baile —dijo la chica.

—Su hermosura me ha trastornado, Agustina. Sea buena y no pida socorro. La noche es tan maravillosa como usted.

—¡Qué empalagoso! —susurró Josefa.

—Es muy romántico —dijo Micaela.

El capitán Arias la había cogido por la cintura, pero Agustina se zafó con una risita y le dio un pequeño cachete.

8
Trece de septiembre

Josefa volvía del parque e iba a subir la escalera hacia su habitación, cuando oyó las voces en el despacho que don Miguel Domínguez tenía en la planta baja para atender a los ciudadanos, y se quedó parada ante la puerta entreabierta.

—¡Cómo has podido consentirlo! ¿Quieres perdernos a todos? ¡Te digo que el juez está enterado!

Josefa escuchó la voz de la corregidora aunque no distinguió bien las palabras. Don Miguel seguía gritando:

—¡El juez me llamó esta mañana! Me dijo que le han llegado noticias de que nuestra casa es el centro de una conspiración; que todos esos militares que vienen a escuchar poesías y a coquetear con las señoritas jóvenes, esconden armamento en sus casas para provocar una sublevación. Que aprovechan tus tertulias literarias para redactar los panfletos y los boletines que pegan por las paredes de todo Querétaro, censurando al virrey y a los peninsulares. ¡Y eso es delito de alta traición!

—No creo que estén almacenando armas —la corregidora también levantaba la voz—; sí conozco que redactan notas críticas, pero tienen derecho a hacer oír su voz y aquí no está permitido editar periódicos libres.

Don Miguel soltó una breve risa.

—¡A hacer oír su voz! ¿Estás loca, mujer? ¿Has pensado en nuestros hijos? Nuestra comodidad, nuestra posición social, su educación, su alimento y su bienestar dependen de mi cargo. ¿O es que no lo sabes? Si me destituyen, ¿crees que podría alimentar y cuidar a nuestra familia como se merece, con el mísero sueldo de un abogado desacreditado? Ya sabes lo que es esta sociedad; a los pocos días se sabe todo de todos. Toda la colonia sabría que me destituyeron por conspirador. Estoy medio ciego. ¿Crees que puedo llevar pleitos y volver a repasar los libros de leyes con mi poca vista?

—Pero, Miguel, España está sin rey; en la península gobiernan las juntas de las distintas provincias. Tú has intentado hacerlo aquí y no ha sido posible; hay que forzar a los gachupines que rodean al virrey y que no consentirán jamás que los criollos tengamos autonomía. Y ahora es el momento de hacerlo.

—¡Ahora es el momento de sembrar la desgracia en nuestra familia!

Hubo un silencio. Luego la voz de la corregidora dijo:

—¿Qué vas a hacer?

—¿Yo? —se oyó el golpe de un puño sobre la mesa—. Voy a cumplir con mi obligación y a llevar a cabo los registros que me han encomendado. Registros que, como el señor juez no tiene buena información, estoy seguro que no van a descubrir nada. Y no voy a buscar donde yo sé que estarán las pruebas de esa conspiración. Mi deber es cumplir las órdenes del señor juez, no informarle. ¡Y tú, Josefa Ortiz, te estarás quieta y callada, reposando tu embarazo y cuidando de tus hijos! Suspenderás las tertulias literarias, como le he prometido al juez, y aguardaremos a que pase la tormenta.

—¿Vamos a traicionar a nuestros amigos? ¿Vamos a abandonar a los que piensan como nosotros y que se comprometieron con nosotros?

La voz del corregidor se alzó aún más.

—¿Y vas a abandonar a nuestros hijos? Josefa, se sensata. Nuestros amigos saben cuidarse. ¡Y yo voy a cuidar de nuestra familia!

Josefa estaba con el alma en un vilo y no se dio cuenta que alguien se le había acercado.

—¿Cree la señorita que es de buena educación escuchar tras las puertas lo que no le concierne?

Josefa ahogó un grito, sobresaltada por la suave voz que había sonado a sus espaldas. Tras ella estaba el mayordomo, llevando una bandeja con una jarra llena de agua y dos vasos.

La niña se apoyó contra la pared sintiendo cómo le subían los colores a la cara y el corazón le golpeaba el pecho por el susto.

—Creo que la señorita debería subir a su habitación.

Josefa escapó, tropezando, escaleras arriba y cuando llegó a su cuarto, se tiró de bruces en la cama. Estaba demasiado avergonzada para pensar en lo que había escuchado.

9
Catorce de septiembre por la mañana

La corregidora no acudió al almuerzo de los niños pequeños, que siempre presenciaba, ni se sentó a la mesa en la cena. Don Miguel la disculpó:

—Está muy cansada después de la fiesta. En su estado... debe reposar todo lo posible.

Josefa encontró razonable la excusa. La corregidora debía de estar agitada todavía por la discusión con don Miguel.

Pero al día siguiente, por la mañana, tampoco se presentó.

—¿Dónde está la señora? —preguntó Josefa al mayordomo.

—Descansando en su cuarto, señorita.

—¿Puedo verla?

La expresión del mayordomo decía que no había olvidado que la sorprendió escuchando.

—No es posible, señorita. La señora corregidora está muy preocupada. He oído que el médico tiene miedo de que se produzca un aborto.

Josefa paseó por el parque, donde los peones retiraban los restos de la fiesta. Estuvo con las pequeñas, que jugaban vigiladas por sus niñeras. Ellas tampoco habían podido ver a su mamá y don Miguel había salido por la mañana. Tenía asuntos urgentes que le había encargado el juez. Josefa pensó que, tras lo que había escuchado, ya sabía ella cuáles eran esos asuntos.

Agustina y Micaela preparaban perezosamente su baúl tras esos dos días pasados en el palacio de los corregidores. Tenían que volver al colegio y no les gustaba demasiado.

—¡Qué suerte has tenido! ¡Éstas sí que han sido vacaciones!

Micaela miró soñadora por la ventana.

—Cuando sea mayor, me gustaría tener una casa como ésta, grande, con criados y con muchos niños.

Agustina soltó una carcajada.

—Para eso tendrías que casarte con un corregidor. Y no todos están dispuestos a casarse con una criolla. Prefieren a las hijas de los gachupines.

—Pero si padre tiene razón y las cosas cambian, todos seremos iguales y ya no gobernarán los españoles —dijo Micaela.

—¿Vuestro padre...? —Josefa dejó la pregunta en el aire.

—Micaela es una charlatana —interrumpió Agustina—. Mi padre es un hombre moderno que quiere la igualdad para todos y que cree que la sociedad está cambiando. Cuando termine la guerra contra los franceses nada será lo mismo —hizo una pausa—. Pero es mejor no hablar de nada de eso, te ruego que olvides lo que hemos platicado.

Hubo un silencio incómodo. Josefa pensó en los registros del corregidor. ¿También estaría implicado don Miguel Hidalgo?

Quiso cambiar de conversación.

—¿Viste a la corregidora? —preguntó.

—Está enferma, creo —respondió Agustina—, y no me extraña. Tiene que gobernar toda esta casa, vigilar a sus hijos, atender al marido y todavía tiene tiempo de tertulias y bailes. ¡Y todo eso embarazada de su hijo número doce! No se viste a la moda, pero es encantadora... ¡Cómo me gustaría ser como ella!

—Tú tienes tu carácter y ella el suyo, Agustina. No digas bobadas.

—¡Ya salió la palurdita sabia! —dobló una pañoleta y la guardó en el baúl—. Bien has aprovechado estos días. Ahora te toca volver al colegio.

—¡No me gusta que me llames palurda! —le dijo Josefa.

No aguardó respuesta y salió de la habitación. No había hecho nada para conquistar la amistad que doña Josefa le prodigaba, había sido algo espontáneo, pero no tenía ganas de defenderse.

Quería encontrar a Miguel y bajó hacia las cocinas; en la puerta trasera se agolpaba el grupo de mujeres indias y mestizas, las mujeres de peones, que acudían todos los días con sus dificultades y sus peticiones a que la corregidora les ayudara. La cocinera y una de las criadas les daban los restos de comida del baile, pero no estaba doña Josefa.

Salió afuera y rodeó lentamente la casa. Hacía un sol tibio y agradable que anunciaba el otoño. ¡Qué grande era el palacio! Claro, que en él vivía mucha gente. Pasada la cocina, el terreno se elevaba suavemente y, a ras del suelo, se veían las estrechas ventanas enrejadas de los sótanos.

A Josefa le sorprendió el silencio de aquella zona. Apenas llegaba algún rumor de la zona de las cocinas; las caballerizas quedaban lejos y sólo se oía el alborotar de los pájaros. Llegaba el aroma de las madreselvas del cercado. Caminó lentamente hacia las cuadras; esperaba encontrar a Miguel.

Le vio al lado de uno de los mozos, que paseaba en círculos a un caballo ensillado que tenía sujeto por una rienda larga.

El muchacho se acercó corriendo.

—No te acerques. Este caballo es muy nervioso y lo están acostumbrando a la silla.

—Quería despedirme. Las monja que va a llevarnos al colegio ya no tardará mucho.

—Debe de ser aburrido. Yo no lo aguantaría.

Josefa le contestó:

—No me extraña. Pareces un salvaje. ¿Donde está tu madre?

—Se encuentra enferma. No la hemos visto desde antes de ayer.

Caminaron hacia las cocinas.

Josefa se paró en seco.

—¿Tan enferma y tan cansada que no podéis verla? ¿Ni siquiera un ratito delante de su cama? ¿Ni siquiera la pequeña Mariana que es un bebé?

El chico parecía alarmado.

—¿Qué quieres decir?

—Ayer escuché a tus padres discutir. Tu padre estaba enfadado; le han encargado que busque a unos conspiradores.

Miguel palideció y las pecas resaltaron en su cara como las motas en un vaso de leche.

—¡La imprenta! —hizo un gesto—. Ven conmigo.

Tomó el camino hacia la casa. Entró por las cocinas y, sin dudarlo, fue hacia la parte delantera y no se detuvo hasta llegar al despacho de su padre, ante la puerta donde Josefa había escuchado la discusión de los corregidores.

El muchacho golpeó la puerta con los nudillos y, ante el silencio, sujetó el picaporte y lo hizo girar. La puerta no se movió.

—Está cerrada —dijo Josefa.

Miguel no dijo nada. Siguió por el corredor hasta el zaguán y entró en el despacho del alcalde, que estaba a la entrada de la casa.

Volvió a golpear en la puerta

—¿Da su permiso, don Ignacio?

El alcalde hizo un gesto con la mano.

—Adelante, adelante, Panochita y la compañía.

Sonrió a los dos niños.

—Veamos, ¿qué se les ofrece?

—Don Ignacio, ¿ha visto a mi madre? No la encontramos y Josefita quería despedirse de ella.

—¿Por qué iba a verla yo?

—Como a veces le envía recado....

—Sí, cuando quiere algún trato especial para alguno de sus indios. Pero no la he visto desde el día del baile. Creo que está descansando; problemas con el hermano que viene, querido Miguel.

De pronto sonó un ruido extraño; un sonido rítmico que se repetía durante un rato y luego callaba. Se quedaron quietos. Era un *tap tap tap* seco. El alcalde levantó una mano.

—¿Escuchan? Llevo aguantando ese ruido toda la mañana. Me duele la cabeza de oírlo. Calla un rato y luego vuelve.

Tap tap tap. El ruido llegaba de alquna parte en el techo.

—Puede que sea un ratón o algún otro animal —dijo el escribano desde su mesa.

Tap tap tap. Ahora que estaban en silencio se oía más fuerte.

—Ningún animal golpea tan fuerte. Me tiene loco. ¡Qué mañana!

Tap tap tap tap.

—Ha cambiado de ritmo —dijo Josefa—. ¿Qué hay encima de esta habitación?

—¿En la esquina de la casa, quieres decir? El alcalde levantó la vista calculando las ventanas. Miguel fue más rápido.

—¡El cuarto de mi mamá! — dijo Miguel y salió corriendo hacia el corredor seguido por Josefa. Detrás iba don Ignacio.

Subieron la escalera y el muchacho fue derecho a la habitación. Miró por el ojo de la cerradura al mismo tiempo que golpeaba la puerta.

—¡Mamá! ¡Mamá!

Desde el interior se oyó la voz de la corregidora:

—¡Estoy encerrada! ¡Busquen a Gabriel, el herrero!

—Tranquila, doña Josefa. Enseguida abriremos —aseguró don Ignacio.

Miguel y Josefa ya bajaron a saltos las escaleras y corrieron rumbo a las cuadras.

Gabriel era un mulato, alto y fuerte, de pelo rizado y ya canoso, que en ese momento golpeaba una herradura, para doblarla y adaptarla a la pezuña del caballo.

—Buenos días, Miguel; buenos días, señorita.

—Buenos días, Gabriel; me encarga mi madre que venga a sacarla de su habitación, que ha quedado encerrada.

El hombre dejó el martillo. Tenía unas manos tan grandes como palas. Dijo con calma:

—La señora sabe que las puertas no se pueden romper; son muy recias y están reforzadas.

—Se ha quedado encerrada y no tiene la llave —Josefa no quería dar demasiadas explicaciones—. Habrá que sacarla.

El herrero caminó despacio hasta el panel de herramientas que tenía en la pared.

—Sí, claro, habrá que sacarla, pero la puerta no se puede romper, y la cerradura es de cerrojo grueso. Tampoco se puede cortar. Se podría hacer, pero tardaríamos mucho y la señora estaría muy incómoda. Ni siquiera se puede quemar la puerta. Tardaría mucho en arder y la señora se asfixiaría.

—¡Gabriel! ¿Cómo vas a quemar la puerta! —dijo Miguel.

—Pues eso digo, Panocha. Que no se puede quemar la puerta.

—¡Gabriel! —dijo Josefa—. ¡Vamos!

—Tranquila, señorita, tranquila. Si no se sabe lo que se debe hacer, no se consigue nada con correr. Y la señora no corre peligro.

Josefa había empezado a morderse los labios mientras pensaba en acudir al ama de llaves por si tenía una llave duplicada. Aquellas cerraduras de grandes llaves, en ocasiones, se abrían con otras llaves.

El herrero cogió un mazo y unas pinzas grandes de hierro.

—Vamos, chicos. Habrá que abrir la puerta por los goznes.

Volvieron a la casa. Delante de la puerta de la corregidora ya se habían reunido varios criados. Gabriel los apartó con calma.

—Hay que desarmar los goznes. Es lo mejor.

El herrero descargó un golpe sobre el extremo tallado de la bisagra y la puerta vibró, mientras el golpe resonaba en toda la casa. Unos cuantos mazazos más y la primera bisagra saltó rota;

después cayó la segunda; un rato después, Miguel abrazaba a su madre.

—Traigan un poco de agua para la señora —dijo el herrero mientras recogía calmosamente sus herramientas.

Se fueron retirando los criados; el alcalde saludó y sin más regresó a su despacho.

—Nos habían dicho que estaba enferma —dijo Josefa.

—Y lo voy a estar; estas angustias no son buenas para nadie.

Se sentó al lado de la ventana, con el abanico en la mano, mientras miraba la puerta que ahora sólo tenía una hoja. El cuarto de estar de la corregidora era una habitación grande, cómoda, con buenos sillones y butacas, y una hermosa ventana que daba a la plaza.

—Pero, ¿cómo se quedó encerrada?

—Me encerró don Miguel, niña, para que no avisara a nuestros amigos a quienes buscan. No quiere que me comprometa.

Se volvió a su hijo.

—Miguel, acércame papel y pluma. Tengo que mandar un aviso al capitán Allende.

Miguel le acercó uno de los pliegos que se amontonaban en un extremo de la mesa y buscó pluma y tinta.

—Madre, ¿estamos conspirando?

—Nuestros amigos quieren traer la libertad a esta tierra.

Josefa la miró asustada.

—Pues, entonces, deje que lo escriba yo, doña Josefa. Si lo hace usted, reconocerán la letra.

La corregidora levantó la cabeza con la pluma en alto.

—¡Tienes razón! Pero si lo escribes tú, también pueden reconocer tu letra. No podemos exponer a nadie a ese peligro. Pero es preciso que mande esa carta.

Josefa miró los periódicos amontonados en la mesita.

—¿Y si recortamos las letras sueltas de los periódicos? Déjenos unas tijeras y usted puede componer la nota.

Los dos niños trabajaron durante media hora, recortando y pegando. Luego la corregidora se arregló el peinado y se volvió a poner los zapatos.

—Me cansé de gritar y no escuchaba nadie. Al final se me ocurrió golpear con el tacón.

Y añadió:

—Vayan a buscar a don Ignacio. Es de los nuestros y llevará la nota.

10
Catorce de septiembre por la tarde

—Es importante que si alguien entra aquí, sólo encuentre máquinas inservibles y cubiertas de polvo.

Miguel y Josefa habían regresado a los sótanos en que estaba la imprenta y se encontraron nuevos panfletos, recién hechos.

—No sabía que mi mamá era tan valiente —dijo el chico—. Es como las heroínas de los libros de historia.

—Y tu padre tiene miedo de que tu mamá termine en la cárcel y él en un lugar peor. El corre un gran riesgo y está muy preocupado por ustedes.

—Nadie imagina que los corregidores apoyan la sublevación.

Habían llevado ceniza de la cocina y Miguel la repartía por encima de las máquinas para que se vieran llenas de polvo.

Josefa tomó el paquete de panfletos.

—Los romperé donde nadie los encuentre.

Se levantó la falda del traje y fue anudando a sus enaguas el montón de papeles. Lentamente salieron del sótano.

Al pie de la escalera, encontraron a la corregidora.

—¿De dónde vienen?

Miguel enrojeció.

—Del sótano, madre.

Josefa intervino.

—Hemos pensado que ya que no podíamos desmontar la imprenta, tenía que parecer vieja. Hemos echado polvo por encima y me llevo los panfletos —se levantó un poco la falda y señaló su forro de papeles.

La corregidora apretó con la mano el hombro de su hijo.

—Muy buena idea, mis pequeños conspiradores. Si puedo, yo intentaré desmontar la imprenta. Si no, diremos que está ahí desde los tiempos de la cárcel... si nos creen.

Se volvió a Josefa.

—Vete a tu habitación y rompe en pedacitos pequeños todos los papeles que llevas bajo la falda. Luego, hazlos desaparecer. Que no encuentren los trozos reunidos en un sólo lugar, aunque sea un basurero. Luego, date un baño, Josefita.

Yo voy a hacer lo mismo. El alcalde ya ha llevado mi mensaje a varios de nuestros amigos.

—Volvemos mañana al colegio. Vendrá sor Emilia a recogernos. Quería decirle que he estado muy bien en su casa, y darle las gracias por su generosidad —la niña recitaba la fórmula que ensayaban en el colegio.

La corregidora sonrió con ironía. Ella también conocía la frase de rigor.

—Bien; es un buen momento para que salgas de aquí. Don Miguel no ha regresado todavía, el encargo del señor juez le está dando trabajo. Le transmitiré tu despedida.

La corregidora comenzó a subir las escaleras, pero se detuvo y miró a la niña. En un arranque, bajó de nuevo los dos peldaños, la tomó de los hombros y le dio un beso en la frente.

—Muchas gracias, Josefa.

Lentamente, apoyada en el hombro de su hijo, con el peso de su embarazo, volvió a subir la escalera. No se había cambiado de vestido desde la mañana. Estaba arrugado y del moño se escapaban algunas greñas mal peinadas, sin embargo a Josefa le pareció una reina.

11
Quince de septiembre por la mañana

Josefa dejó los vestidos y las faldas que le habían prestado, doblados y colocados en la banqueta de los pies de la cama y se volvió a vestir el uniforme del colegio. No le agradaba, pero no sabía si podía llevarse al colegio la ropa de las hijas de la gobernadora. Luego cerró el baúl con los vestidos que había traído de su casa y que le estaban pequeños. Pasó el candado por las anillas de la cerradura del baúl —no quería que nadie fisgase el contenido— y colgó la llave de la cadena que llevaba al cuello.

Subió a la salita donde desayunaban los pequeños y se despidió de ellos en medio de risas, gritos y besos manchados de leche, chocolate y azúcar.

Luego fue a la galería acristalada en la que se reunía la familia por la mañana; no estaban los corregidores y los hijos mayores desayunaban junto a las invitadas que iban a marchar aquella misma mañana. Josefa vio que había acertado al vestir el uniforme; las otras colegialas también lo llevaban.

Los criados trajeron las fuentes de fruta que acompañaban al chocolate, las rosquillas y los bollos y las rebanadas de pan.

José, el hijo mayor dijo:

—Mi padre tuvo que salir por órdenes del señor juez, y mi madre se encuentra descansando. Les ruegan que les disculpen y me piden que les despida en su nombre.

Agustina se llevó la servilleta a los labios, y sonrió.

—Agradezca a sus padres su amable acogida y expresen nuestro deseo de que su madre se recupere pronto. Nos llevamos un recuerdo inolvidable de la fiesta.

Desde el otro lado de la mesa, Miguel hizo un gesto que tiró un vaso de zumo sobre el mantel. Josefa sonrió mientras se tapaba la boca con la servilleta. A Panocha le ponía nervioso todo aquel intercambio de cortesías. Se levantó de la silla.

—Con permiso. Tengan buenos días y que aproveche.

Josefa le vio salir y se apresuró en apurar su taza; quería despedirse a solas de Miguel. No tomó fruta ni pan y salió con prisa de la galería para casi tropezar con el muchacho que aguardaba tras la puerta del pasillo.

—¿Qué haces aquí?

—Quería verte a solas; tengo un regalo para ti de parte de mi mamá. Vamos al jardín.

Salieron a la parte trasera, cerca de donde se habían encontrado el primer día. Miguel iba en mangas de camisa y su pelo relucía al sol.

Alargó una cajita a Josefa.

—Mi mamá desea que te acuerdes siempre de nosotros.

Josefa abrió la caja; dentro, brillaba una cadenita de plata con una medalla de esmalte de la Virgen de Guadalupe.

—Dice mi mamá que es muy sencilla y que si te gusta, la podrás llevar en el colegio.

Josefa se la pasó por la cabeza; le quedaba larga, pero se la dejó puesta y se la metió por dentro de la camisa.

—Da las gracias a tu mamá. Dile que me gusta mucho, es muy hermosa; pero no necesitaba nada que me recordara estos días. No los olvidaré nunca.

—¿Rompiste ya los panfletos?

—No tuve oportunidad, pero los llevo en mi baúl. No creo que lo registren. En el colegio los haré desaparecer poco a poco.

—¡Ten mucho cuidado!

Josefa rió. Le divertía la ansiedad del muchacho cuando ella había sido la más alarmada.

—No tengas miedo, Panocha, que los destruiré sin problemas.

—¡No tengo miedo! Pero, ¿tú qué crees que va a ocurrir?

Antes de responder, Josefa buscó una sombra donde sentarse; al sol le picaba la lana del uniforme.

—¡Qué ropa tan fea! ¿Por qué os vestisteis todas así?

—Es el uniforme del colegio. Lo hacen parecido a los hábitos de las monjas, así ninguna niña presume de mejor ropa. Pero pesa, es áspero y da calor.

Miguel retomó su pregunta

—Entonces, ¿qué va a pasar?

—¡Y yo que sé! No entiendo muchas cosas de la ciudad ni de la política ni de los amigos de tus padres. Tu mamá me explicó algo el día que descubrimos la imprenta del sótano... Tu papá es inteligente, es el corregidor y le estima mucha gente en Querétaro porque es buena persona. Aunque alguien le denunciara, si no hay pruebas… yo creo que nadie le encausará. Y a tu mamá menos todavía; es una señora que se ocupa de sus hijos y su casa, que atiende a los necesitados y que no debe de saber nada de política ni de sublevaciones. Ella ya avisó a sus amigos, así que estará despreocupada. Va a nacer su bebé y no tendrá más remedio que dejar las tertulias por un tiempo.

Miguel Domínguez afirmó como si los razonamientos de Josefa le hubiesen convencido.

—Eso quiero pensar yo también, pero estoy preocupado ¿sabes? No tenemos otros parientes y tampoco tenemos patrimonio. Mi padre no es dueño de haciendas o ranchos. Somos una familia muy grande y si mi papá pierde el puesto, no tendremos donde vivir ni con qué mantenernos.

—Tu papá y tu mamá han ayudado a muchas personas; tu papá ha hecho muy bien su trabajo y si perdiera el cargo no faltaría gente agradecida que le ofrecería otro.

Miguel sonrió

—Esperemos que sea así. Yo tampoco olvidaré estos días. Le diré a mi madre que te invite otra vez para las fiestas de Navidad.

Josefa se levantó del suelo y se sacudió la arena y las pequeñas hierbas pegadas a la falda.

—Tal vez no esté aquí en Navidad. He escrito a mi casa para que vengan a buscarme. Ya he aprendido bastante. Si mi abuelo ya no está enojado, enviará a por mí. Les he prometido que me comportaré como una señorita: bordaré mucho, ayudaré a mi mamá, y hasta tocaré el piano, si quieren.

Caminaron despacio hasta la puerta de la casa; allí se volvió con picardía hacia el muchacho.

—Lo que no les prometí es que dejaré de montar a caballo como los chicos. ¡No me gusta montar a la amazona!

Miguel la miraba con los ojos muy abiertos. Como siempre que estaba disgustado, las pecas le resaltaban más en la cara.

—Entonces… te vas a ir muy lejos.

—Muy lejos no, ¡a mi casa! si a mi abuelo se le ha pasado el enojo…, pero tú puedes venir a la hacienda Salinas. Te gustará mucho, hay mucho campo, buenos caballos y hace menos calor que en Querétaro. Todo es mucho más sencillo, con menos protocolos. Además, mi abuelo estará encantado con tu visita. Prefiere los muchachos y, aunque disimule, yo sé que hubiera deseado que yo fuera chico en lugar de chica.

Le tomó las manos riendo y le hizo girar en una vuelta rápida como cuando jugaba al molino.

—Mira, Panocha, si hay una sublevación, si el virrey se enoja con tu papá y le quita el cargo, tú y tus hermanos, podrían venir a Salinas. Allí hay sitio para todos, aunque no se puedan organizar tertulias ni meriendas. Lo mismo tu padre podría abrir despacho de licenciado en Monterrey.

Miguel liberó sus manos de golpe y la estrechó en un abrazo.

—No sé si podré ir alguna vez a la hacienda Salinas pero no te voy a olvidar nunca, niña Josefa.

12
Quince de septiembre por la tarde

Josefa colocó de nuevo su ropa en el baúl que estaba a los pies de su cama, en el dormitorio común del colegio. Todo estaba como siempre, las camas perfectamente hechas, las almohadas alineadas y las cortinas de las camas sujetas a los postes con cintas, todas anudadas a la misma altura.

Suspiró. Aquella tarde, en un carruaje que preparó el mayordomo, Josefa, Agustina y Micaela habían salido del palacio del corregidor de Querétaro para volver al colegio. Sin embargo, antes de subir al vehículo Josefa preguntó al mayordomo por la corregidora.

—Más recuperada, señorita, pero sigue en su cuarto.

Josefa no dijo más. Había visto llegar al alcalde y pensó que la corregidora había encontrado la manera de enviar su nota al resto de sus amigos.

—Nos hubiera gustado despedirnos de ella o del señor corregidor.

El mayordomo la ayudó a subir al carruaje y a sentarse al lado de Micaela.

—El patrón regresó muy tarde anoche y salió a primera hora de esta mañana. Está muy ocupado, pero yo le daré su recado.

El mayordomo las contemplaba con educada indiferencia y Josefa recordó que la había sorprendido escuchando y que, por tanto, él había escuchado también. No le quiso decir que ya se había despedido de la corregidora.

Ahora, mientras sacaba la falda del uniforme y guardaba las que ya no iba a usar, tropezó con un montón de panfletos viejos de los que no había tenido manera de deshacerse. Si los rompía, ¿cómo podría hacer desaparecer los restos? No creía que registrasen el convento, pero ignoraba las normas que dictaban los jueces. Claro, que siendo el corregidor el encargado de los registros, no pondría mucho empeño. No sabía cómo pero estaba en el centro de la conspiración, y estaba asustada; más por el hecho de que su abuelo se enterase, que porque el juez la detuviera. Dejó los panfletos en su baúl, debajo de la falda de fiesta.Tal vez pudiese romper algunos cada día y tirar los restos en la papelera común, pero el papel de los panfletos era diferente del que ellas usaban para hacer cuentas o copiar las muestras de caligrafía. No debía haberlos traído de casa de la corregidora.

Se encogió de hombros. Según había oído, a las mujeres de buena familia que cometían delitos no castigados con la pena de muerte, las encerraban en un convento. Ella era de buena familia criolla —o eso creía, teniendo en cuenta el tamaño de la hacienda del abuelo— y ya estaba en un convento. Nada tenía que perder.

Bajó a cenar al largo comedor, donde se comía en silencio. La superiora no estaba en la cabecera y sor Guadalupe la sustituía. El ruido de la vajilla sobre las mesas de madera casi apagaba la voz de Micaela que, desde el estrado, leía en voz alta la historia del indio Juan Diego y la aparición de la Virgen de Guadalupe. Micaela leía bien y con mucho sentimiento, y por eso la elegían con frecuencia. A ella le gustaba hacerlo aunque tuviera que comer después de todas.

Al terminar la cena, sor Guadalupe se acercó a Josefa.

—Vaya al despacho de la superiora.

Con el estómago revuelto y el corazón encogido, Josefa recorrió los largos corredores hasta el despacho de la madre superiora. No creía que las noticias de la casa de los corregidores hubieran llegado ya al colegio; pero, ¿y si habían registrado su baúl y habían encontrado los panfletos?

Se tuvo que apoyar un momento en el corredor antes de llamar a la puerta. Sentía frío en la cara y las manos estaban sudorosas.

—¿Da su permiso?

—¡Entre!

Josefa empujó lentamente la puerta y entró. Sentada ante la mesa de la superiora había una mujer todavía joven, tenía el pelo peinado en un moño tirante y llevaba una mantilla de encaje negro sobre los hombros.

Josefa casi pegó un grito.

—¡Mamá!

13
Dieciséis de septiembre

El carruaje avanzaba con rapidez por la carretera de Querétaro hacia el oeste. Habían salido de madrugada, cuando el sol no había despuntado todavía; doña Ana de Salinas quería partir cuanto antes: les esperaba un largo viaje.

—Tu abuelo podía haber encontrado un colegio más cerca, aunque fuese menos prestigioso —había dicho con cierto disgusto.

—¿Por qué has venido a buscarme?

—Los rumores que llegaban a la hacienda hablaban de revueltas en Querétaro. Y cuando llegó la carta con la invitación de la corregidora, me dio miedo que te encontraras en medio de una revolución. Tu abuelo no podía dejar la hacienda y me vine con el capataz y la guardia.

Le pasó el brazo por encima de los hombros y la atrajo hacia sí.

—Me hacías mucha falta, Josefa. Eres la persona más importante de mi vida, ¿por qué he de tenerte tan lejos? Hasta el abuelo te echaba de menos.

Josefa sonreía.

—Ya se lo dije yo, pero no me hacían caso.

—Oiremos misa y tomaremos un buen desayuno en Dolores. Luego seguiremos viaje hasta casa.

Apenas amanecía cuando llegaron a Dolores. El coche paró en la plaza, delante de la casa de postas, y Josefa y su madre caminaron rumbo a la iglesia que se destacaba con sus dos torres gemelas.

Doña Ana se dirigió al capataz.

—Que nos preparen un buen desayuno para después de misa.

La campana de la torre de oriente comenzó a repicar, rompiendo el silencio de la mañana y espantando a los pájaros posados en los árboles de la plaza.

—Llaman a misa; espabila Josefa —dijo su madre.

El repique aumentó su intensidad hasta hacerse rebato. Las ventanas del pueblo se abrieron y los portales se llenaron de gente.

Josefa y su madre caminaron más aprisa. De todas las casas salían gentes colocándose la chaqueta o el poncho.

Cuando llegaron al atrio de la iglesia ya había mucha gente. En el escalón más alto de la entrada de la iglesia había un hombre de cara redonda y blanca melena, calvo por la parte de arriba de la cabeza.

A su lado, dos militares a los que Josefa reconoció enseguida.

—Son los capitanes Allende y Aldama.

—¿Los conoces?

—De casa de la corregidora. Asistían a las tertulias. El capitán Allende es novio de la hija mayor del corregidor.

Su madre le apretó el brazo nerviosa.

—Tenía que haber venido antes a buscarte.

Aunque la campana había acallado su repique, sus ecos aún rebotaban en las paredes de la torre y hasta en las calles del pueblo. El hombre que estaba en el atrio de la iglesia extendió los brazos y exhortó:

—¡Ciudadanos del pueblo de Dolores!

—¡Es don Miguel Hidalgo! —dijo alguien detrás de Josefa, y la niña vio por primera vez al destinatario de aquella carta que ella se había encargado de enviar.

—Os he convocado porque hoy es un día importante para Dolores y para toda la provincia de Nueva España. ¡Un día grande para México!

Habló durante más de media hora. Tenía una buena voz que atrapaba la atención y que convencía. Los dos capitanes tenían el rostro serio.

Don Miguel Hidalgo se volvió al atrio y uno de los monaguillos le alcanzó el estandarte de la Virgen de Guadalupe. Hizo que la bandera se extendiera y el sol naciente iluminó la seda blanca y la imagen de la Virgen bordada en el centro.

—¡La Virgen protegerá nuestra lucha por la libertad! ¡La Virgen será nuestra guía y capitana! Ciudadanos de Dolores, ¡¡viva la Virgen de Guadalupe!!

—¡¡¡Viva!!!

El grito del pueblo coreó entusiasmado el final del discurso.

—¡¡Abajo el mal gobierno!!

Con menos entusiasmo el pueblo respondió al grito; se miraban unos a otros temiendo que alguien tomase nota y acabaran ante el juez.

—¡¡Viva Fernando VII!!

—¡Viva! — el grito fue unánime. Los vivas al rey prisionero de Napoleón no iban a tener consecuencias.

Don Miguel Hidalgo y los capitanes entraron en la iglesia. Los del pueblo formaron corrillos a la entrada. Intentaban comprender lo que había ocurrido.

La madre de Josefa le tomó de la mano con fuerza.

—Vámonos, lo mejor es que sigamos con nuestro viaje lo antes posible. Estos son vientos de revolución. Estoy desando llegar a la hacienda.

—Puede ser que la gente sea más libre, ¿no, mamá?

—Puede que sí, hija. Puede ser el principio de la independencia; pero eso no se consigue sin lucha, sin dolor y sin guerra.

Epílogo

Desde el 16 de septiembre de 1810 hasta el 18 de mayo de 1822, México, la antigua provincia de Nueva España, luchó por su independencia de España.

Dos días antes del grito de Dolores, el capitán Arias había delatado a la corregidora y a su marido ante el juez. El matrimonio fue detenido el día 16 y doña Josefa fue conducida al convento de Santa Clara y su marido, al de la Santa Cruz.

Don Miguel fue juzgado y destituido de su cargo, aunque no había pruebas de que hubiera participado en la conspiración. Gracias al apoyo de los pobres, a los que había ayudado durante todo su mandato, consiguió su libertad.

Su mujer, después de tener a su hijo, fue llevada a juicio y el corregidor, en una conmovedora carta, presentó la dimisión de todos sus cargos para defender a su mujer como abogado. Pese a sus esfuerzos, fue juzgada en la ciudad de México y condenada como culpable de traición a vivir en el convento de Santa Catalina de Siena en la capital del virreinato.

Fueron años muy malos para la familia Domínguez, con la madre en prisión, y don Miguel enfermo y sin ingresos para mantener a su familia. Al fin, el nuevo virrey reconoció la inocencia de don Miguel, le restauró el derecho a recibir su sueldo y liberó a su mujer en junio de 1817, en plena lucha por la independencia de México.

Doña Josefa murió en ciudad de México en 1829. En ningún momento quiso recibir ni homenajes ni premios. Durante toda su vida fue una luchadora por la libertad. Su patria le levantó monumentos como primera promotora de la independencia.

Madrid, julio/octubre de 2009

Índice

MARÍA ISABEL MOLINA

Nació en Madrid, es perito mercantil y trabaja en una librería.

Con sólo dieciocho años ganó su primer premio, el Doncel de Cuentos, que años más tarde volvería a obtener. Sus obras han merecido premios como el Ciudad de Trento, la lista de Honor del IBBY y el CCEI.

Otros libros de la autora publicados en esta misma colección son *De Victoria para Alejandro; Más rápido, más alto, más fuerte; El señor del Cero; El herrero de la luna llena* (ganador del XLIII Premio CCEI de Literatura infantil y juvenil, 2004); *Colón, tras la ruta de poniente; Mio Cid. Recuerdos de mi padre* y *La Pepa (1808-1812) tiempos de Constitución.*

Otros libros de María Isabel Molina

La Pepa
1808-1812 Tiempos de Constitución

Josefa, con doce años recién cumplidos, llega a Cádiz desde la colonia de Alta California para vivir con su hermanastro, al que no conoce. Allí, interesada por el momento histórico que está viviendo, colaborará con su hermano contra los franceses, la secuestrarán unos bandoleros y ayudará a los guerrilleros. Al final, asistirá a la proclamación de la Constitución, el 19 de marzo de 1812..

Otros libros de María Isabel Molina

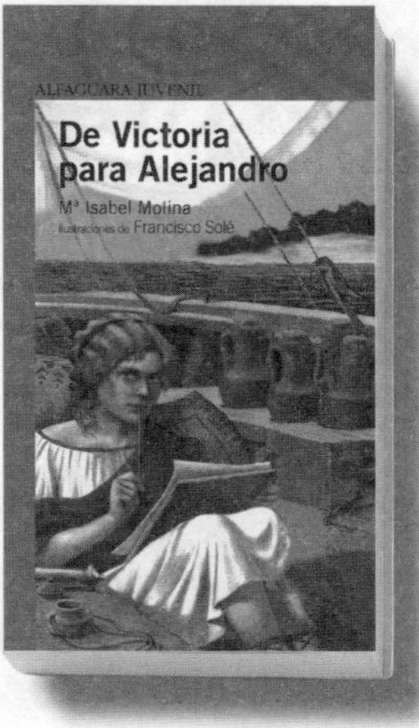

De Victoria para Alejandro

En el año 67 de nuestra era, Victoria, una joven romana convertida al cristianismo, viaja hasta Palestina. Atrás, en Roma, se ha quedado Alejandro, el joven del que está enamorada y al que puede perder para siempre.

Más rápido, más alto, más fuerte

Continúan las aventuras de Victoria y Alejandro. Ambos, junto con su hija Cornelia, acompañan al joven Lucio a Olimpia a participar en las carreras de carros en las Olimpiadas. Pero Lucio no se ha preparado para la prueba e intentará todo tipo de subterfugios para ganar.

Otros libros de María Isabel Molina

El señor del Cero

Corre el siglo X y, en la Península, el Califato de Córdoba irradia un gran esplendor cultural. En este escenario, José, un joven mozárabe que posee una sorprendente capacidad para el cálculo, se ve obligado a abandonar su tierra.

El herrero de la luna llena

Pese a su juventud, Yago de Lavalle domina los secretos de la fragua, pero se opone a las prácticas supersticiosas de su gremio, los herreros. Por ello le obligan a peregrinar a Santiago de Compostela. Esta historia transcurre en pleno siglo XII, en una España inmersa en múltiples conflictos internos.

Otros libros de María Isabel Molina

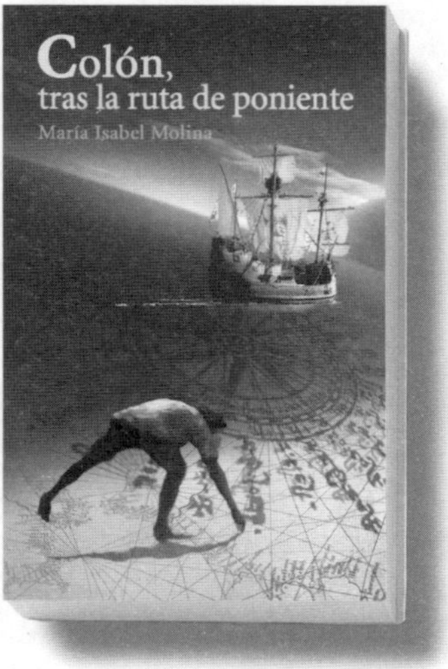

Colón, tras la ruta de poniente

Andrés Haraldsen Perestrello acompaña a Colón como secretario. En su compañía seremos testigos de grandes acontecimientos históricos: la conquista de Granada y el descubrimiento de América.

Mío Cid. Recuerdos de mi padre

Siglo XII. Mencía ya tiene edad de trabajar en el castillo y queda a cargo de doña Cristina Rodríguez, la hija de Rodrigo Díaz de Vivar. Como sabe leer y escribir, doña Cristina le dictará las hazañas de su padre, el Cid Campeador. Y los años pasan…

Este libro se terminó de imprimir en los talleres gráficos de Lavel, S. A., Humanes (Madrid), el mes de enero de 2010.